KB235445

기적을 선물한 개

기적을 선물한 개

2003년 6월 15일 초판 1쇄 인쇄
2003년 6월 20일 초판 1쇄 발행

지은이/한수경, 박진아
디자인/최승협, 홍경숙, 이경주

펴낸이/김종현
펴낸곳/인북스

서울 마포구 도화동 36 고려아카데미텔 II 928호
전화/ 02)703-7408 팩스/ 02)6732-7400
http://www.inbooksmedia.co.kr
등록/1999. 4. 21 제10-1742호
ⓒ한수경, 박진아. 2003
기획 /한성출판기획(www.ibooks4.co.kr)

파본이나 잘못된 책은 바꾸어 드립니다.
ISBN 89-89449-14-6 03810

값 8,500원

이 책의 공급처는 주식회사 북센입니다
전화 031) 945-2900

인북스

사람보다 더 따뜻한 가슴을 지닌 개들 이야기

기적을 선물한 개

한수경 · 박진아 지음

인북스

내 영혼을 지켜 주는
파수꾼

그동안 잘 지내셨죠?

요즘도 아침에 일어나면 온몸이 찌뿌드드하고 기분도 꿀꿀하고 그런가요? 무슨 재미있는 일은 없을까, 세상 살맛 나게 하는 것은 없을까 찾고 계시지는 않나요?

저는 어제 이사를 했더랬습니다. 5년 만의 이사여서 그런지 그동안 쌓인 먼지만큼이나 구석구석 모아 놓은 자료들이 많더군요. 새록새록 지난 시간들이 생각났답니다.

이삿짐을 싸면 꼭 그렇게 돼요. 괜히 옛날 사진, 일기, 수첩들을 꺼내 들추어 보며 혼자 낄낄대고 감동받고 얼굴이 빨개지기도 하고… 문득 잊었던 사람들에게 연락을 하지 못했던 것 때문에 가슴이 철렁하기도 하구요. 그러다가 느닷없이 한참을 울기도 했지 뭡니까.

벌써 방송일을 10년이나 채워 가는 제게 남은 거라곤 때묻은 취재수첩들.

그 안에는 수없이 많은 사연들과 아픔들, 그리고 감동을 새기고 간 주인공들의 자취가 남아 있었습니다. 밤새도록 그 이야기들을 다시 읽어 내려갔습니다. 동이 트고 새벽이 될 때까지 말이죠….

그 지난 이야기들 중에서도 제 눈길을 유난히 오랫동안 멈추게 하는 부분이 있었습니다.

지치고 힘들었을 때, 사람들 때문에 실망하고 세상이 왜 이럴까 한탄하게 될 때, 억울해서 화가 나서 살 수가 없노라고 소리치셨을 때, 제가 해드린 이야기가 있었을 겁니다. 그때 그 개 이야기 말입니다.

평생 주인에게 충성을 바치다가, 그 주인이 먼 길을 떠나자 그리움에 병이 들었지요. 매일 주인의 편지를 기다리다가 결국은 자신을 주인에게 보내 달라는 듯 우체통 속에서 죽어 버린 그 개 이야기.

그 이야기와 함께 저의 어린 시절에 있었던 이야기도 들려 드렸을 겁니다.

제 나이 3살 때, 집에서 기르던 똑똑한 삽살개가 불이 나자 저를 물고 나와 엄마의 품속에 넣어 주었다고… 그런데 불이 난 집에는 자신의 새끼 3마리가 남아 있어서 다시 들어갔다고… 그리고 영원히 나오지 못했던….

언제부터인가 저는 주변 사람들이 우울해 있을 때면 무슨 감기 치료제처럼 이 이야기들로 우울 바이러스를 없애 주고는 했었습니다. 그들은 저에게 참으로 고마워했지요.

그중 어떤 사람이 그랬죠.

"당신이 항상 밝고 활기찰 수 있는 것은, 그 개들이 당신 곁에서 파수꾼처럼 지키고 있기 때문이었군. 그래서 나쁜 일이 있더라도 늘 용기백배했던 걸 거야."

개라는 동물은 인간을 참으로 부끄럽게, 그러면서도 자랑스럽게 만드는 유일한 동물입니다. 결코 퇴색되지 않는 충성심, 꾸밈없는 표정과 사려 깊은 생각, 항상 주인을 즐겁게 해주려는 몸짓들…

아, 그런데 어느 순간부터 저의 파수꾼들을 잊고 살았던 것 같습니다. 그래서 요즘 힘들었나 봐요.

낡은 취재수첩에는 그 두 마리의 개 말고도 많은 개의 사연들이 제가 다시 찾기를 기다리고 있었습니다. 한참 동안 그것을 펴들고 눈물을 흘리다 보니, 별안간 마음이 개운해지는 기분이 들었습니다. 그런 경험 해보신 적 있으시죠?

내 영혼의 무게가 한 스푼 정도는 덜어지고, 더불어 깨끗해진 듯한 느낌.

그러다가 문득 이런 생각이 들더군요.

신은 인간의 영혼이 조금이라도 더 혼탁해지기 전에 무언가 방법을 찾았다.

어두운 세상으로부터 맑은 영혼을 지키기 위해서,

흐려지는 영혼을 조금이라도 붙잡고 싶은 이들을 위해서,

그러한 사실조차 모르고 사는 힘들고 바쁜 이들을 위해서,

이 세상의 영혼을 지키라고 보내준 파수꾼이

혹시 개가 아닐까…

저는 그 개들에게 다시 저의 파수꾼이 되어 달라고 부탁하기로 했습니다.

지치고 힘들어서 세상을 그만 대충 살아가고 싶어질 때 나를 다잡아 주고, 많은 유혹과 불행 속에서 나를 지켜 주는 그런 파수꾼 말입니다.

요즘 힘들고 자꾸 지친다고 하셨죠? 마음이 허전하다고도 하셨어요.

그래서 제가 취재수첩을 뒤적이다가 선물 겸해서 좋은 글 몇

편을 보내 드릴까 합니다.

　아마도 그중에서 한 마리 정도는 당신의 영혼을 지켜 주는 파수꾼이 되어 줄 것으로 믿습니다.

햇살이 싱그러운 초여름에

한수경, 박진아

차 례

해피로부터 온 편지

삼십 대 후반의 중년인 한상필씨의 가슴 한 구석에는 항상 한 녀석이 웅크리고 있다. 벌써 20년이나 흘렀는데도 결코 떠나지 않고 그 자리를 지키는 녀석. 꼬리를 살랑살랑 흔들며 고개를 약간 갸우뚱하며 다정하게 바라보는 녀석의 이름은 '해피' 였다.

그러니까 상필씨가 고등학교 때인 1980년 중반, 사촌동생이 선물이라면서 흔한 잡종견 한 마리를 안고 왔다. 누런색의 짧은 털에 다리가 길쭉하고 뽀족하게 튀어나온 입과 옆으로 찢어진 눈을 가진 평범한 개였다.

그는 원래 개를 좋아하지 않는 편이었다. 하지만 해피는 자신에게 관심도 보이지 않는 상필씨를 이상하리만큼 잘 따랐다고

해피와 상필씨의 두 동생. 자주 집 근처의 산으로 함께 놀러가곤 했었다고.

한다.

어느덧 상필씨도 그런 해피에게 마음을 열기 시작했고, 둘은 많은 시간을 함께 보내게 되었다. 영리해 보여서 물건을 던지며 주워 오라거나, 돈을 물려 주고 심부름도 하게 했는데 신기하게 도 녀석이 곧잘 해냈다.

상필씨는 그런 개가 기특해서 고기반찬을 먹을 때면 가족들 몰래 입안 가득 물고 나와 먹이기도 했고, 바쁜 시간을 쪼개어 여기저기서 나무를 주워다가 못질을 하고 정성들여 페인트칠 까지 해서 개집도 만들어 주었다. 겨울이면 추울까 걱정되어 담 요를 깔아 주었고, 공부로 인한 스트레스 때문에 힘이 들 때면

14

해피와 도란도란 이야기를 나누다가 함께 잠들기도 여러 번이었다.

대학생이 될 무렵, 해피도 많이 커 버렸다. 공부를 더하기 위해서 유학을 가야 할지, 집안 형편을 생각해서 취업을 해야 할지의 문제로 갈등이 심할 시기였다. 그런 심란한 마음으로 집에 돌아올 때면 어찌 알았는지 해피가 장독대를 올라 담을 훌쩍 넘어 마중을 나오고는 했다.

"그렇게 해피와 함께 있으면 모든 스트레스나 고민이 확 풀리는 듯 했죠. 녀석은 꼭 내 마음을 다 읽고 있는 것만 같았어요."

얼마 후 상필씨는 일본으로 유학을 떠나게 되었다. 공항으로 출발하던 날, 해피는 상필씨가 타고 있는 차를 한참이나 따라와 상필씨의 마음을 아프게 했다.

일본에서 유학하고 있을 때 가끔 집으로 전화를 할 때면, 전화를 끊을 때까지 해피가 애타게 짖어 댔다. 마치 자기는 잘 있노라고, 주인을 보고 싶노라고 말하는 듯했다.

그래서 상필씨는 가끔 수화기에 해피를 대 달라고 하여

"해피야, 잘 있었니?"

하면 해피는 더 큰 소리로

"우, 우, 멍멍"

대답을 했었다.

더욱 신통한 것은 상필씨가 편지를 보내는 날이었다. 해피가 편지함을 향해 마구 짖는 날은 어김없이 상필씨의 편지가 들어 있었다. 가족들은 해피가 어떻게 알았는지 그저 놀라울 따름이었다.

어떤 때는 해피가 우편배달부의 뒤를 따라오기도 했다. 그때도 역시 상필씨로부터 온 편지가 있었다. 신기한 것은 그것만이 아니었다. 상필씨에게 편지라도 쓸 때면 밖에서 계속 짖더라는 것이다.

해피의 그런 기특한 행동에 대한 소식을 들으면서 상필씨는 외롭고 힘들었던 유학생활의 고단함을 이겨 낼 힘을 얻을 수가 있었다.

그로부터 1년 반쯤이 지났을까. 상필씨는 이상한 꿈을 꾸기 시작했다.

꿈마다 해피가 나타나 편지를 물고 자신에게 다가오는 것이었다. 때로는 우체통을 향해 짖었고, 우는 듯한 소리도 냈다.

그런 꿈을 꾸고 나면 너무나 마음이 허전하고 불안해서 한국에 있는 가족들에게 전화를 걸어 보았다. 그러면 가족들은 그저 해피가 잘 있다고만 했다. 그래도 뭔가 석연치 않은 느낌을 떨칠 수가 없어 마음이 편치 않았다.

"나중에 알고 보니 가족들이 말을 안 해준 것이더라구요. 그렇지 않아도 유학 생활이 힘든데 제가 마음 아파하게 될까 봐 걱정했던 것 같아요. 그때쯤 해피가 아주 예민한 행동을 보였답니다. 잘 먹지도 않고 내 방 앞에서 가만히 있거나 때로는 마구 짖어서 밤중에도 가족들이 잠을 이루지 못할 정도라고 했어요. 이웃에서 항의가 들어올 지경이라구요. 심할 때는 내 방문을 마구 긁고 뜯어 놓아서 어머니한테 얻어 맞기도 했었다고 해요."

아마도 떠나간 주인이 너무나 그리워 병이라도 난 것이 아닐까 싶었다.

상필씨의 꿈에서 계속 해피가 나타났던 때로부터 한 달이 지난 무렵이었다. 여동생으로부터 편지 한 통이 배달되었다. 3장이나 되는 긴 편지에는 그간 해피가 보인 이상증세와 죽음에 대한 이야기가 빼곡하게 적혀 있었다.

"그러던 해피가 우편배달부를 자꾸 따라다니는 거야. 종일 쫓아다니다가 한밤중이면 돌아와서 오빠방을 보고 짖고. 우리도 너무나 힘들고 지쳤지. 그러다가 아예 돌아오지를 않았어. 이틀이 지나면서부터 불안해서 가족들이 찾으러 다니기 시작했는데, 파출소에 신고도 해보았지만 해피를 찾을 수가 없었어.

그런데 말이야, 일주일이 지나서 해피를 발견했노라고 우편배
달부 아저씨가 찾아온 거야."

　부랴부랴 우편배달부 아저씨를 따라간 곳에서 가족들은 그
만 할 말을 잃고 하염없이 울기만 했었다고 쓰여 있었다.

　해피는 빨간 우체통 안에 들어가 죽어 있었다. 왜 하필이면
우체통으로 들어갔을까? 어떻게 그토록 좁은 우체통 입구로 그

커다란 개가 들어갈 수 있었는지도 이해할 수 없었다. 주변에 모인 사람들은 모두 의아해했지만 가족들과 우편배달부 아저씨만은 해피의 마음을 읽을 수 있었다.

아마도 해피는 상필씨에게 편지를 보내듯이 그리운 주인에게 자신을 보내 달라고 우체통 안으로 들어가 있었던 것은 아닐까. 무려 3시간이 넘도록 우체통을 부수고 나서야 죽어 있던 해피의 시신을 꺼낼 수 있었다고 한다.

문득 한 달이 넘게 자신의 꿈속에서 편지를 물고 나타나던 해피의 모습이 떠올랐던 상필씨, 편지를 들고 그만 가슴이 북받쳐 올라 엉엉 울고 말았다.

해피는 20년이 지난 지금도 상필씨의 마음속에서 편지를 입에 문 채 기다리고 있다. 힘들고 외로울 때 힘이 되어 주는 친구처럼, 항상 같은 자리에서 변함없이 기다려 주는 든든한 수호천사처럼, 오래도록 남아 있다고 한다.

상필씨는 지금도 빨간 우체통을 볼 때마다, 해맑은 얼굴의 해피가 기억 저편을 넘어와 자신을 반겨 줄 것만 같단다.

마리 앙뜨와네뜨와 애견 빠삐용

로코코시대에 귀부인들의 초상화를 그릴 때 반드시 같이 그렸다는 나비모양의 귀를 지닌 애견 빠삐용(Papillon：프랑스어로 나비란 뜻)이 있다.

이 견종의 기원은 아직까지 정확하게 밝혀지지 않고 있지만 전해지는 설에 의하면 중국에서 스페인, 이탈리아를 거쳐 1500년 경에 프랑스로 반입되어 귀족층과 왕실에서 많은 사랑을 받았다고 한다.

프랑스 대혁명의 빌미를 제공했다고 하는 루이16세의 왕비 마리 앙뜨와네뜨가 유난히 사랑했었던 애견〈디스비〉가 바로 이 빠삐용이다.

가난한 백성들의 사정은 아랑곳없이 궁궐에서 호화로운 사치나 일삼는 한심한 왕녀로 보여지기도 했지만, 외롭고 힘들었던 궁중 생활에 있어서 마리 앙뜨와네뜨의 마음을 달래 준 유일한 개 빠삐용 〈디스비〉. 머리보다 더 큰 귀를 가진 우아한 모습으로 상처받기 쉬운 아름다운 앙뜨와네뜨의 친구로, 때로는 배신이 난무하는 궁궐 생활에서 충견으로 그 곁을 지켰을 것이다.

민중혁명이 일어나 앙뜨와네뜨가 감옥에 끌려갔을 때는 그 앞에서 떠나지 않고 구슬퍼 울었다고 한다. 앙뜨와네뜨가 단두대 위에 올라갈 때도 끝까지 함께 했었다는 디스비. 당시 군중들은 단두대 위에서까지 앙뜨와네뜨 곁을 결코 떠나지 않으려고 하는 개를 함께 처형해야 한다고 소리쳤고, 결국 단두대에서 주인 마리 앙뜨와네뜨와 함께 목숨을 잃었다.

총각 산파견,
한돌이를 아십니까?

"딸랑 딸랑 딸랑…"

동물병원 문에 달린 종이 다급하게 울려왔다. 2살 된 예삐가 급하게 출산을 하러 오는 길이었다. 상태가 좋지 않았다. 자연분만이 어려워 보였다. 강성길 원장은 급히 제왕절개 수술 준비를 했다. 개가 제 스스로 자연분만을 하지 못할 때에는 어쩔 수 없이 제왕절개를 할 수밖에 없다.

예삐가 수술대에 올려졌다. 강원장은 재빨리 마취제를 주사하고 예삐의 복부를 열기 시작했다. 강원장의 이마에 땀방울이 돋아나기 시작했다.

개들의 분만 과정에는 사람의 경우와 다른 점이 있는데, 그것은 출산 직후 해야 할 어미의 역할에 있다. 개가 새끼를 낳으면 얇고 투명한 보호막에 쌓여서 나오게 되며 보통은 어미가 그 막을 이빨로 끊어서 먹어 버린다. 그렇게 해야 새끼가 나올 수 있다. 그렇다고 해서 새끼가 당장 살 수 있는 것은 아니다. 어미의 혀로 새끼의 몸을 쉴 새 없이 핥아 주어야 한다. 새끼의 피부에 묻어 있는 여러 가지 이물질을 깨끗이 청소하는 의미도 있겠지만 새끼의 몸에 피를 돌게 하여 체온이 정상적으로 돌아와야 첫 숨을 내쉴 수 있게 되기 때문이다. 스스로 숨을 쉴 수 있을 때까지 새끼를 핥아 주지 못하면 생명이 위험해질 수도 있다.

제왕절개로 새끼를 낳게 되면 이러한 후반 작업을 사람들이 대신 해야 한다. 어미가 마취되어 누워 있기 때문이다. 하지만 사람의 손길을 아는 것인지, 새끼들은 첫 숨을 쉽게 내쉬지 못하는 경우가 종종 있다. 그렇게 되면 약을 투여하고 오래도록 문질러 주어야 하는데, 그런 새끼들은 약골이기 쉽다.

최근 몇 년 사이 애완견들의 제왕절개가 유독 많아졌다. 자연 분만이 어려운 데에는 몇 가지 이유가 있겠지만 주인들의 지나친 사랑으로 개들의 모성이 약해진 탓도 있다. 뚱뚱한 것이 싫다고 필요 이상으로 다이어트를 시켜서 약해지거나 반대로 너무 많이 먹여서 비대해진 것도 원인이다

　그래서 제왕절개를 한 어미 개들은 대체로 건강하지가 않다. 죽어 가는 새끼를 돌보기에 힘이 부치는 경우가 많은 것이다.

　예삐의 경우도 마찬가지였다. 태어날 때부터 약골이라 병치레가 많았었다고 했다. 출산 자체가 목숨을 위협할 정도였다. 강원장의 손놀림이 빨라졌다. 옆에 있는 보조원의 눈도 긴장되어 갔다. 새끼가 나오면 얼른 막을 찢고 닦아 주어야했다.

　수술이 시작되고 첫 번째 새끼가 나왔다. 얼른 막을 벗겨 내고 문지르는데 두 번째 새끼가 나왔다. 갑자기 예삐가 요동치기 시작했다. 강원장과 보조원은 당황했다. 마취가 풀린 것은 아니었다. 정신없이 예삐의 상태를 보고 있던 보조원은 식은땀 한줄기가 등뒤로 흐르는 것을 느꼈다. 첫 번째 강아지의 몸도 닦아 주지 못한 상황에서 나온 두 번째 강아지는 경황이 없어 막조차 건드리지 못했던 것이다. 얼른 강아지 두 마리를 놓아둔 곳으로 눈을 돌렸다.

　"서, 선생님. 저기"

　보조원의 손짓을 따라 눈을 돌린 강원장은 말문을 잃었다. 이 동물병원에서 살고 있는 한돌이라는 개가 어느새 두 번째 강아지의 막까지 먹고는 두 마리 모두의 몸을 정성껏 핥아 주고 있는 것이 아닌가.

　세 번째 강아지를 형제 강아지들과 함께 옆에 놓았을 때 둘째가 첫 숨을 내쉬는 트림을 토해 냈다. 강원장은 말없이 한돌이를 쓰다듬었다.

"어머! 기특한대요. 새끼를 많이 낳아 본 암컷인가 봐요… 어?"

보조원의 동그랗게 된 눈을 강원장은 말없이 바라보며 미소와 함께 고개만 끄덕였다.

놀랍게도 한돌이는 수컷 푸들이다. 그것도 이제 겨우 2살. 다른 암컷들도 모른 체하는 상황에서 수컷이 산파 역할을 훌륭하게 해주다니. 놀라서 뭐라뭐라 중얼거리는 보조원의 말을 뒤로 하면서 강원장은 말없이 고개를 끄덕였다. 한돌이의 마음을 이해할 수 있을 것만 같았기 때문이다.

한돌이를 처음 만난 것은 석 달 전이었다.

아침 일찍 동물병원으로 출근하는데 한 여자가 아직 열리지 않은 문 앞에서 기다리고 있었다. 그 여자의 품속에는 강아지 한 마리가 있었다. 온몸이 멍든만큼 심하게 다친 녀석이었다. 그녀는 남편이 개를 지나치게 때리고 괴롭히기 때문에 도저히 기를 수가 없다고 했다. 제발 맡아 달라고, 혹시 기른다고 나타나는 사람이 있다면 보내 주라면서, 아쉬움과 미안함으로 울며 그녀는 돌아섰다.

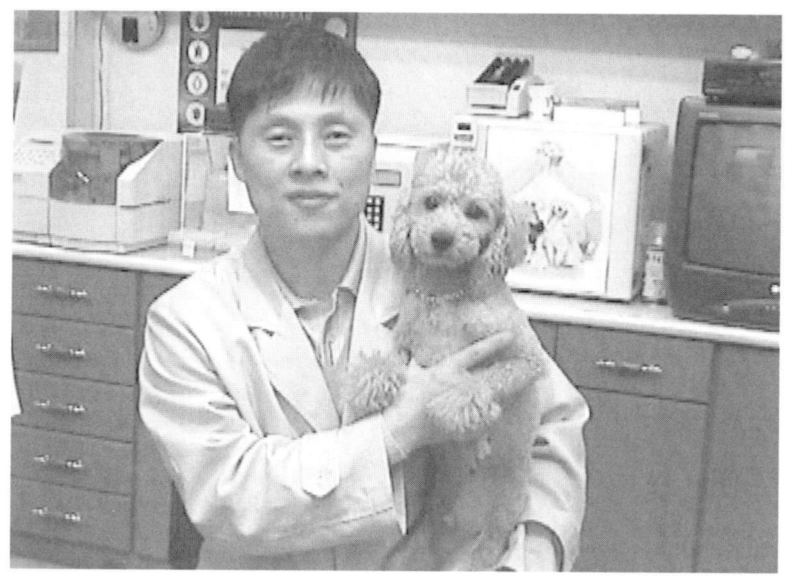

기특한 산파 한돌이와 강원장.

갈색털의 푸들이었는데 길쭉하게 생긴 것이 얼굴은 착하게 만 보였다.

사랑받지 못한 개의 특징이 그러하듯 한돌이는 귀를 늘어뜨린 채 고개를 들지 못하고 한쪽 구석에만 쭈그리고 있었다. 여기저기 붕대와 부목을 댄 채 밥그릇에는 입도 대지 않았다.

"녀석, 한 3일쯤 지나면 먹게 될 거다. 그렇게 되면 금방 괜찮아질 거야."

머리를 쓰다듬자, 녀석은 알아들었다는 듯 강원장을 지그시 쳐다보고 있었다.

석 달이 지난 뒤, 한돌이의 귀는 힘차게 쫑긋 솟아 있고 눈은 총명하게 빛나고 있었다. 몸도 어찌나 뚱뚱해졌는지 다이어트를 해야 할 지경이었다. 동물병원에서 자라는 개라 사람들의 귀여움을 많이 받아서인지 녀석이 이제는 낯가림도 없이 번죽좋게 손님을 맞아들이고 있었다.

그랬던 녀석이 수놈인 주제에 산파 역할까지 하다니… 강원장은 한돌이의 변한 모습을 볼 때마다 그렇게 기특할 수가 없었다.

한돌이의 더욱 가슴 아픈 사연을 모두 들을 수 있었던 것은 그로부터 다시 한 달이 지났을 때였다. 동물병원을 찾은 어떤 할머니가 한돌이를 한참 동안이나 살피더니 눈이 점점 동그랗게 변하는 것이었다.

"아이구. 요 녀석이 못생겼다고 구박받고 쫓겨난 그 푸들 아냐?"

할머니의 이야기는 이랬다.

한돌이가 태어난 지 얼마 되지 않아 입양된 집에서 두 번이나 툇자를 맞았었다는 것이다. 첫 번째 집에서는 수놈이라 별로라고 돌려보냈고, 두 번째 집에서는 못생겼다고 애교 많은 시츄를 기르겠다며 돌려보냈다. 한돌이는 같은 애완견이라고 해도 좀 못생긴 편이라는 것이다.

세 번째 집이 문제였다. 젊은 부부의 집에 보내졌는데 부부싸움이 잦았다. 남자는 화가 나면 술을 먹고는 한돌이를 때리기 시작했다. 어떤 때는 주먹으로, 어떤 때는 발로 찼으며 때로는 집 안 가구들까지도 한돌이에게 던져 댔다. 동네 사람들이 한돌이가 가여워 찾아가 말려도 보았지만 소용이 없었다.

할머니는 한돌이를 한참이나 쓰다듬었다. 한돌이는 할머니의 손을 핥으면서 꼬리를 다정하게 흔들었다.

"참 고마우시지. 한돌이라고 이름을 지어 줬다구요? 이렇게 멀쩡하게 잘생긴 놈으로 변하다니. 그때는 이름이 못난이였다우."

강원장은 할머니에게 한돌이가 기특하게도 산파노릇을 하고 있노라고 말해 주었다.

전혀 믿지를 않던 할머니가 그동안의 이야기를 듣고는 한돌이를 가만히 바라보았다. 그리고는 별안간 눈물을 흘리기 시작했다.

"이상도 하지, 참 이상도 해. 이 녀석이 그 때문일까? 그게 한이 되서 그런가 봐. 그렇지, 의사양반?"

한돌이가 태어날 때의 일이었다. 한돌이의 엄마는 무척이나 몸이 약했다. 새끼를 낳을 때가 됐지만 스스로 낳을 수 있을지

의문이었다.

한돌이의 어미가 자연분만으로 어렵게 두 마리의 새끼를 낳고 마지막으로 한돌이를 낳게 되었을 때였다. 힘에 부쳤던지, 처음에 난 두 마리의 막조차 걷어 내지 못한 한돌이의 어미는 숨을 헐떡이고 있었다. 보기가 안타까워 주인 아줌마가 손을 대려고 하자 한돌이 어미는 그렇게 기력이 없는데도 으르렁대기 시작했다. 혹여 부정을 탔다고 해서 자기 새끼를 죽여 버리지나 않을까 하여 주인 아줌마는 한 걸음 물러섰다.

한돌이의 어미는 마지막으로 한돌이를 어렵사리 세상에 내놓았다. 아직도 막을 걷지 못하고 숨조차 내쉬지 못하는 세 마리의 강아지. 한돌이의 어미는 마지막 기력을 다해 한돌이의 막을 찢어 놓기 위해 입을 가져갔다.

결국 그날 한돌이만 살아남고 두 마리의 형강아지는 엄마와 함께 하늘나라로 떠났다. 주인 아주머니는 수놈인데다가 재수 없는 개라고 다른 집으로 보냈지만, 다시 돌아오고 돌아오고를 여러 번 반복했다고 한다.

뭉실뭉실 퉁퉁한 몸매가 마치 넉살 좋고 인심 좋은 후덕한 아줌마처럼 생긴 총각 산파견 한돌이. 한돌이에게 이런 아픔이 있었기 때문에 그런 행동을 하고 싶었던 것이 아닐까?

그 후, 강원장은 제왕절개가 필요한 개가 올 때마다 한돌이를 수술대 옆에 내놓았다. 사람이 할 때보다 훨씬 안전하게 출산을 도와줄 수 있었기 때문이다.

보호막에 둘러싸여 나온 새 생명에게 지난 세상의 막을 걷어 주고 첫 숨을 토해 내기까지 최선을 다하는 기특한 녀석, 한돌이는 점점 동물병원에서는 없어서는 안 될 존재가 되어 갔다.

한 번은 살아날 가망이 없는 새끼 한 마리가 태어났을 때의 일이다. 좀처럼 숨을 내쉬지 못하고 미동조차 하지 못하는 강아지. 한돌이가 한참을 핥아 주어도 소용이 없었다. 직감적으로 그 강아지의 생명은 오래지 않아 사그러들 것이라는 걸 알 수 있었다.

"이리 나와라. 한돌이도 그만 쉬어."

강원장의 만류에도 불구하고 한돌이는 강아지의 곁에서 떠나지 않고 핥고만 있었다. 할 수 없이 한돌이를 끌어내려고 하자 그렇게 온순하던 한돌이가 갑자기 으르렁대기 시작했다.

강원장은 놀라서 얼른 손을 움츠렸다.

"저도 서운해서 그런가 봐요. 그냥 내버려 두죠."

보조원의 말에 강원장은 잠시 망설였다. 한돌이의 사연을 알고 나서는 그러한 행동 하나하나가 안쓰러웠다. 제 엄마와 형제 강아지들이 생각나서 그런가 싶었다.

할 수 없이 돌아섰다. 한돌이를 위해서 동물병원 미등을 밝혀 둔 채 강원장은 퇴근을 했다.

다음 날 아침, 강원장은 자신의 눈을 의심했다. 아직 눈도 뜨지 못한 강아지 한 마리가 꼬물꼬물 바닥을 기어다니고 있었다. 그 뒤를 한돌이가 따라다녔다.

분명 퇴근 후 몇 시간 뒤에는 생명이 끊어졌을 그 강아지. 강원장은 눈을 비비고 다시 보고 또다시 보았다.

한돌이가 그런 강원장 앞으로 다가와서 꼬리를 살랑살랑 흔들었다.

"녀석, 잘난 척하기는…. 알았다, 내가 잘못 판단했어. 네가 옳았어."

한돌이의 뺨을 툭 치니까 마치 알아들었다는 듯 다시 그 강아지 곁으로 갔다. 강아지의 목덜미를 덥석 물고는 어미에게 데리고 가는 것이었다.

한돌이는 이후 150여 마리나 되는 강아지를 받아 주는 베테랑 산파견이 되었다. 제왕절개를 한 어미가 낳은 새끼들을 핥아 줄 뿐만 아니라, 어미가 마취에서 깨어나 기력을 회복할 때까지 옆에서 지켜 주었다.

어떤 개가 링거를 맞기라도 하면 밤을 새며 지키고 있고 꼭 회진을 돌 듯 동물병원 곳곳을 순례하기 일쑤다.

한 가지 더욱 신기한 것은 한돌이는 태생부터 면역력이 강한 항체를 지니고 있다는 점이다. 동물병원의 다른 강아지들이 모조리 병에 걸려도 녀석만은 끄덕없는 것을 보고 알게 되었는데, 특히 홍역과 파보장염 항체를 가지고 있어서 아픈 녀석들에게 한돌이의 항체를 투여하면 낫는다고 하니, 한돌이는 천상 산파요 간호사인 셈이다.

그날 따라 한돌이는 유난스럽게 창문에 매달려 누군가를 기다렸다. 산파 역할을 하게 된 지 8개월, 표정도 좀 더 여유로워지고 푸근해 보였다. 그동안 산파 한돌이 때문에 많은 개들이 건강한 출산을 한다는 것이 소문이 나서 사람들이 문전성시를 이루고 있었다.

한돌이가 과로를 하는 것이 아닌가 싶어 강원장은 말리고도 싶었지만, 한돌이는 오히려 명랑해지고 활기가 넘쳤다.

"곧 올 거다. 그만하고 여기 와서 편하게 기다려."

강원장의 말에는 아랑곳하지 않고 한돌이는 창문에서 떨어지지를 않았다. 눈은 지나는 사람들의 모습을 따라다니느라 바빴다.

갑자기 한돌이가 문으로 달려가더니 끙끙대기 시작했다.

문이 열리면서 한 여자가 들어왔다. 반갑게 한돌이에게 인사를 했다. 하지만 한돌이는 여자를 모른 척하고 그녀의 손에 들려진 이동 가방에만 관심을 보였다.

그 속에는 예삐의 새끼들이 있었다. 가끔씩 주사를 맞히느라 병원에 오면 한돌이와 예삐네 가족은 서로를 알아보고 핥아 주며 무척이나 반가워한다고 한다.

"신기하죠. 사람들은 상처를 입으면 자기가 또 당하게 될까 봐 먼저 남에게 상처를 입히려고 안달을 하는데, 한돌이를 보면 부끄러워요. 자기가 받지 못한 사랑보다 더 큰 사랑을 베풀 줄 아는 진짜 사나이에요."

강원장의 말에 사람들은 고개를 끄덕였다.

오늘도 한돌이는 그 동물병원에서 다시는 자신의 엄마와 형제들처럼 허무하게 하늘나라로 가는 슬픔이 없도록, 새 생명의 탄생을 도와주고 있다.

지금도 한돌이는 서울 강서구 발산동의 〈발산동물병원〉에서 산파
역할을 하고 있다.

www.balsanpet.com

가장 많은 새끼를 출산한 개

한 번에 가장 많은 새끼를 낳은 기록 보유견은 미국 펜실베이니아주의 아메리칸 폭스하운드 〈레나〉. 무려 23마리를 낳았다.

미국 미주리주의 세인트버나드 〈캐리스 앤〉도 똑같이 23마리를 낳았지만 9마리가 죽어 기록에서는 〈레나〉에 뒤떨어진다.

수컷이든, 암컷이든 성이 같은 새끼를 낳은 기록도 있다. 미국 사우스 캐롤라이나의 도베르만핀셔 〈케티〉는 1979년 11월 26일 수컷 14마리를 낳았다. 평생 동안 가장 많은 새끼를 낳은 개는 영국 런던의 그레이하운드 〈로 프레서〉. 1961년 12월부터 1969년 11월 12세로 세상을 떠날 때까지 공식 기록된 새끼는 2,404마리. 비공인 새끼만도 600마리가 더 된다고 하니 세계 최대의 자손을 거느린 개이기도 하다.

별이 된 깜순이

1998년 필자가 주부들을 대상으로 한 토크쇼의 작가를 맡고 있을 때 받았던 편지이다. 자신이 경험했던 감동적인 사연을 소개하는 내용이었다.

안녕하십니까?

저는 서울 은평구의 자그마한 유치원에서 교사로 일하고 있는 27살의 이은정이라고 합니다. 얼마 전 제가 가르치던 한 어린아이의 이야기를 하려고 해요.

그 아이를 만난 것은 약 3개월 전, 첫날부터 참으로 특이한 아이가 왔구나 싶었답니다. 눈이 유난히 크고 볼살이 통통한 그 여자아이의 이름은 '한희'로 여섯 살인데 대단한 장난꾸러기였습니다. 눈을 보면 알 수 있죠. 주변을 돌아보는 눈길하며 살짝 웃음을 머금은 입술에서 녀석이 얼마나 장난거리를 찾고 있는지 알 수가 있었답니다.

"애들아. 꽥꽥 오리의 발은 몇 개지? 돼지의 발은 몇 개지? 그러면 옆으로 걷는 게의 발은 몇 개지?"

아이들과 함께 동물들에 대한 수업을 신나게 하고 있었을 때였습니다.

"그렇다면 멍멍개의 발은 몇 개지?"

"네 개요."

"세 개요!!"

순간 나뿐만 아니라 다른 아이들까지 모두 당황해서 '세 개'라고 외친 쪽을 쳐다봤습니다. 그날 처음 온 한희였어요. 아이는 눈을 말똥말똥 뜨고 당당하게 저를 쳐다보고 있지 않겠어요?

저는 강아지가 그려진 그림을 가리키며 설명을 했습니다. 그리고 아이들을 향해 다시 물었죠.

"강아지 다리는 몇 개죠?"

"네 개요…"

"세 개요…!!"

녀석은 또 그렇게 외치고 있더라구요. 어이가 없어서 가만히 바라보다가 저는 한희에게 왜 자꾸 세 개라고 하느냐고 했죠.

"어? 세 개가 맞는데. 우리 집에 온 멍멍이가요, 깜순이가요. 다리 하나, 둘, 세 개로 걷는데요. 진짜로 세 개인데요."

잘 펴지지도 않는 손가락 세 개를 펴면서 외치는 한희. 그 모습을 보면서 저는 그만 말문이 막혔습니다. 아마도 사고를 당했던지, 아니면 무슨 병으로 인해 다리 하나가 부족한 개를 키우고 있는 모양이었습니다.

"음.. 맞아요. 그럴 수도 있어요. 가끔…"

왠지 가슴이 먹먹해지더군요. 그래서 저는 한희나 다른 친구들이 오해하지 않도록 최선을 다해서 설명을 했습니다.

그리고 얼마 뒤, 한희는 자신이 말하던 앞다리 하나가 없는 깜순이를 유치원에 데리고 왔습니다. 태어난 지 겨우 50일이 넘었을까 말까한 아주 어린 강아지였는데 온몸이 온통 짧은 까만 털로 뒤덮여 '깜순이'로 불리는 것 같았습니다. 발바리 비슷한 종류였는데 장난기 가득한 눈이 꼭 제 주인인 한희를 닮았더군요. 다리 하나가 선천적으로 없는 것 같았어요. 세 발로 뒤뚱뒤뚱 걸으면서도 그늘 하나 없는 표정이 인상적인 개였죠.

직장 일로 바쁜 제 엄마 때문에 데리고 왔다는데, 좀 곤란했습니다. 유치원에 강아지를 데리고 오면 다른 아이들에게 방해가 되고 불편을 줄 수가 있어서 금지시키고 있거든요. 한참 동안

한희를 붙들고 설명을 하자 녀석은 알아들었다고 고개를 끄덕
이다가 닭똥 같은 눈물을 뚝뚝 흘렸습니다.

하지만 놀라운 것은 그 다음이었어요. 갑자기 한희가 없어졌
다 싶었는데 마당에서 이상한 광경을 목격하게 되었지요. 한희
가 두 팔로 땅을 짚고는 한쪽 다리는 땅을 딛은 채였는데, 다른
쪽 다리는 옆으로 번쩍 들고 있었어요. 그리고는 앞에 있는 깜순
이에게 뭐라뭐라고 계속 이야기를 하고 있었답니다. 조금 있자
깜순이가 한희와 똑같은 엉거주춤한 자세를 취하더니 오줌을
누기 시작했어요. 하지만 앞다리 하나가 없어서인지 깜순이는
자꾸 기우뚱거렸습니다. 겨우겨우 오줌을 눈 깜순이의 엉덩이
를 한희가 휴지로 닦아 주고 있더군요.

저는 어이가 없어 한참이나 그 모습을 보았습니다. 한희가 강
아지 깜순이에게 오줌 누는 법을 가르치다니….

좀 더 한희와 깜순이를 지켜보기로 했습니다. 한희가 다시 교
실로 들어오려고 하는데 깜순이가 화분을 공격하기 시작했습니
다. 아마도 장난을 거는 듯했죠.

그때 한희가 창문을 통해서 저랑 눈이 마주쳤습니다. 깜짝 놀
란 한희는 깜순이에게 뭐라뭐라면서 다그치기 시작했습니다.
그래도 깜순이의 장난이 멈추지를 않자, 갑자기 깜순이를 눕히
더니 목을 손으로 꾹 누르는 거 있죠. 그러자 그토록 정신없이

장난을 치던 깜순이가 신기하게도 가만히 있었습니다.

그날 저는 깜순이와 한희의 이상한 행동을 수도 없이 목격하게 됐어요.

깜순이한테 먹이를 먹인다며 밥그릇을 놓고 엎드려서 혀로 과자를 먹던 한희. 깜순이를 옮긴다며 목덜미를 잡는 한희. 깜순이를 향해 말을 하는 게 아니라 으르렁거리면서 대화를 하는 것 같은 한희. 잠시 정신이 아득해지더군요. 늑대와 함께 살았다던 '늑대소년' 아니 '개소녀'를 보는 것 같았거든요.

"한희야. 왜 깜순이처럼 행동하니?"

저는 어렵게 용기를 내어 한희에게 말을 걸었습니다. 왜 그런 행동을 하는지 자초지종을 알고 그만두게 해야 한다고 생각했죠.

"왜냐면요,"

한희는 약간 긴장을 했는지 두 손을 꼬무락꼬무락하면서 말을 시작했습니다.

"깜순이가요, 엄마가 없어서요, 엄마가 없이 버려진 것을 아빠가 주워 오셨거든요. 그래서요, 제가요, 가르치는 건데, 제가 깜순이 엄마가 되어 주기로 했거든요."

"그래도 그런 행동을 하면 안 돼. 그냥 말로 해도 되는 거거든."

　순간 한희가 이해할 수 없다는 표정으로 쳐다보고 있었습니다. 그리고 여섯 살짜리 답지 않게 이렇게 말하더군요.

　"그래두요, 깜순이가 어린 아가인데요, 말로 하면 잘 못 알아듣잖아요. 제 동생이 두 살인데 못 알아들어요.. 엄마두 동생한테 뭘 알려 줄 때는 저같이 시늉을 하면서 이렇게 이렇게 하던데요?"

　저는 그때까지 한희의 말을 다 알아듣지 못했었나 봅니다. 깜순이를 위하는 한희의 마음은 이해할 수 있었지만 걱정이 앞섰거든요. 아이가 개처럼 행동하다니…하면서 말이죠.

　그날 저녁 저는 한희의 엄마에게 전화를 걸었어요. 엄마는 무척이나 당황하더군요. 바쁜 직장일로 한희를 돌볼 시간이 없는데 그 행동이 특별하게 나쁜 줄도 모르겠고 그렇다고 좋다고만 할 수 없고 해서 고민중이라고 했습니다.

　병원에 데려가 보기로 하고 전화를 끊은 뒤, 저는 혼자서 한숨을 쉬었죠. 그때 제 친구중에 동물병원 수의사가 된 미정이가 생각났습니다. 미정이에게 전화를 걸었죠.

　며칠 뒤, 미정이가 유치원으로 왔습니다. 한희에게는 깜순이를 데리고 오라고 했는데 그날도 여전히 이런저런 이상한 행동을 하며 한희는 깜순이를 데리고 다녔습니다.

가만히 그 행동을 보던 미정이가 흥분하기 시작했습니다.

"어머머, 쟤 정말 대단하다. 저 아이가 하는 것은 어미개가 하는 방법이야. 목을 꾹 누르는 것은, 아직 해야 할 일과 하지 말아야 할 일을 구별하지 못하는 어린 새끼한테 어미개가 혼내는 행동이거든. 그렇게 하면 강아지들이 그 행동을 그만두고 엄마에게 복종을 해. 소변 누는 법도 가르치고 또 밥 먹는 법까지, 어미개를 똑같이 흉내낸 행동이란다. 어떻게 이런 일이 있을 수 있지?"

그 후 친구와 한희는 오랜 시간 대화를 나누었습니다.

한희는 깜순이를 위해서 오랫동안 어미개와 새끼가 있는 친구집에 다니며 그 행동을 익혔다고 했습니다. 다 깜순이를 위해서였겠죠.

수의사 친구와 저, 그리고 한희의 부모님까지, 우리는 서로 놀라워하며 깊은 감동에 젖어 있었습니다.

그리고 다시 한 달이 지났을까…

한희 어머니에게서 전화가 걸려 왔어요.

"선생님 죄송한대요, 한희 좀 집으로 보내 주시면 안 될까요? 방금 깜순이가 죽었어요. 며칠을 내내 앓더니…"

저는 수화기를 놓지도 못하고 한참 동안 서 있었습니다. 그처럼 활달하던 깜순이가 어쩌다가…

저는 한희를 불렀습니다. 차마 깜순이가 죽었다고는 할 수가 없어 그냥 엄마가 오란다고 빨리 가 보라고 했죠. 가방을 한희의 작은 어깨에 둘러 주는데 자꾸 눈물이 나오려고 했습니다. 한희는 그것도 모르고 엄마가 자신을 일찍 부른다는 사실이 기뻐 깡충깡충 뛰면서 집으로 가더군요.

일주일 뒤, 한희가 유치원으로 돌아왔습니다.

아이는 하나도 변한 것이 없어 보였습니다. 아니, 변했습니다. 예전보다 더 활발하고 웃음도 많아졌습니다. 그 모습이 더 애처롭고 걱정이 되었습니다. 충격이 심해서 저렇게 된 것은 아닐까, 아니면 무슨 다른 일이라도 있는 걸까.

저는 한희를 불렀습니다.

"저기 한희야. 음…"

한참이나 뜸을 들이는 저를 한희는 맑은 눈망울로 쳐다보고 있었지요.

"…깜순이는?"

하고 제가 말을 하자 갑자기 한희가 손뼉을 치며 까르르 웃기 시작했습니다.

"아, 선생님도 아세요? 깜순이요."

“……”

“깜순이가 하늘나라의 별이 됐대요. 엄마가 그러셨어요. 어…뭐더라? 아, 맞다. 작은 개자리.”

저는 아무 말도 할 수가 없었습니다. 그러자 한희는 갑자기 제게 다가와서 맑은 눈동자를 또록또록 굴리면서 말을 하는 거였어요.

“우리 깜순이가요, 너무너무 착하구 제 말도 잘 들어서요, 하느님이 상을 주신 거래요. 그래가지구 별이 된 거래요. 정말 잘 됐죠?”

“… 엄마께서 그러셨어?”

저는 한희의 머리를 오래도록 쓰다듬었습니다. 한희는 다시 손뼉을 치면서 친구들에게로 달려가면서 이러는 거였어요.

“애들아, 우리 깜순이가 별이 됐어.”

친구들에게 자랑을 하는 한희를 보면서 저는 방으로 돌아왔습니다.

그리고 한참 동안 울고 말았습니다.

며칠 뒤, 저는 한희의 집에 초대를 받았습니다. 한희의 방에는 아빠가 사 주셨다는 천체 망원경이 있더군요. 그 망원경으로 하늘로 올라간 깜순이, 작은 개자리를 찾아 보았습니다. 저는 자꾸 눈물이 나와 별을 제대로 보지는 못했는데 그것은 한희의 엄마도 마찬가지인 듯했습니다.

"아직 오줌 누는 거 다 못 가르쳤는데… 깜순이는 자꾸 오줌을 털에 묻혀요."

망원경에서 눈을 떼지 않고 얘기를 하던 한희… 한희는 아직도 하늘로 떠난 깜순이를 걱정하고 있었습니다.

그런 한희를 보면서 한희 엄마와 제가 자꾸 눈물을 훔쳤던 이유는, 한희가 사랑을 가르쳐 준 건 깜순이뿐이 아니었기 때문입니다. 주변의 어른들 모두가 한희로부터 진실한 사랑이 무엇인지 배웠기 때문입니다.

별이 된 깜순이가 자랑스러운 한희.

밤하늘의 작은 개자리 전설

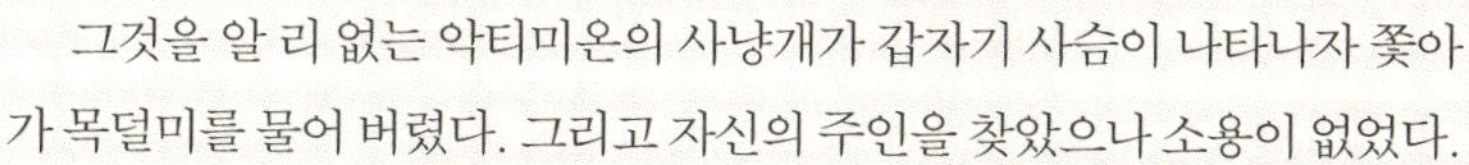

하늘에 떠 있는 별자리 '작은 개자리'와 '큰 개자리'
에 관한 전설이 있다.

먼저 작은 개자리는 그리스 신화에 나와 있다.

어느 날, 달의 여신이 요정들을 데리고 샘물에
서 목욕을 하고 있었다. 마침 사냥개를 데리고 근처
를 지나가던 악티미온이라는 사람이 웃음소리에 이끌
려 샘물에 왔다가 목욕하던 여신의 나체를 보게 된다. 달의
여신은 훔쳐본 벌로 악티미온을 사슴으로 만들어 버렸다.

그것을 알 리 없는 악티미온의 사냥개가 갑자기 사슴이 나타나자 쫓아
가 목덜미를 물어 버렸다. 그리고 자신의 주인을 찾았으나 소용이 없었다.

사냥개는 자기가 잡은 사슴이 주인인 줄 모른 채 컹컹 짖으며 악티미
온을 애타게 찾았다. 아무리 짖어도 주인이 나타나지 않자 그 자리에 꿇어
앉아서 한없이 기다리기 시작했다.

며칠이 지나자 기력이 다한 사냥개는 주인에 대한 그리움에 그 자리에
서 죽고 말았는데, 이 조그만 사냥개의 충성심에 감동을 받은 신들이 이 사
냥개를 하늘로 올려서 별자리로 만들어 주었다는 것이다.

큰 개자리의 주인공은 케팔루스(Cephalus)가 새벽의
여신 에오스(Eos)에게서 얻은 사냥개이다. 이 개의 발이
얼마나 빨랐던지 그 속도에 감탄한 제우스가 이 개를 하
늘에 올려 별자리로 만들었다고 전해진다.

45"""

조폭 강아지

아까부터 개 한 마리가 사납게 짖고 있었다. 사람들이 지나갈 때마다 눈이라도 마주치면 포악스럽게 짖어 댄다. 주인을 잃은 건지, 배가 고픈 건지….

영문을 알 수 없는 일이었지만 분명한 건 논길 한가운데 떡 하니 버티고 있는 휠체어 옆을 떠나지 않는다는 것이다.

휠체어 밑에 얌전히 다리를 포개고 고개를 쭉 내민 채 누워 있다가도, 사람들이 가까이 올라치면 바람같이 휠체어 앞으로 나와 "멍멍멍" 하고 짖어 대는 것이었다. 때로 허연 이빨을 내놓으며 덤빌 듯이 낮은 자세를 취하기도 했다. 얼굴과 몸을 제법 폭

46

신하게 덮은 하얀 털에 짧고 뚱뚱한 다리를 가진 개. 뼈대있는 가문의 개도 아닌 그저 동네 발발이쯤으로 보이는 이 작은 강아지가 아무리 사납게 짖어 댄들 사실 무서워 피할 것도 없는 일이었다. 하지만, 지나던 마을 사람들은 휠체어 있는 쪽을 피해 일부러 빙 둘러 돌아가면서 이렇게 말하곤 했다.

"아이고, 우리 조폭 강아지 화나셨네!"

"영식아 고만 짖어라, 아저씨는 휠체어 안 건드리고 간다. 봤지?"

충남 금산의 산골 마을에 사는 영식이는 사납기로 소문난 강아지다. 평소에는 양반 집 도련님처럼 온순하고 예의바르다가도 휠체어 앞에만 서면 날카롭게 변해서 행여 휠체어를 조금이라도 건드릴까 싶어 사나운 기세로 달려드는 조폭 강아지 영식이.

영식이가 이렇게 휠체어를 지키는 것은 모두 주인 재진이 때문이었다. 농사를 짓는 아빠와 엄마, 그리고 재성이 형과 재진이가 영식이의 가족이었는데 그중 영식이가 유난히 따르는 사람이 13살 난 막내아들 재진이였다.

재진이는 태어나면서부터 선천적인 장애로 고통받는 아이였다. 뽀얗고 여린 얼굴이 말을 하려고 하거나 조금이라도 웃으려고 하면 금새 일그러져 버리고, 온몸이 자꾸만 꼬여서 가만히 앉아 있지도 못하는 뇌성마비 1급 장애자였다.

밥을 먹거나 잠을 자는 시간 외에는 휠체어에서 내려오지 못하는 재진이가 휠체어를 타고 있으면 영식이는 그 곁에서 한 발짝도 떠나지 않았다. 조금이라도 낯선 사람이 재진이 곁에서 수상한 행동을 하면 사납게 돌변해 재진이를 지켜 내고, 재진이가 이상하거나 아파 보이면 동네가 떠나갈 듯 짖어 대서 영식이 덕분에 급한 상황을 모면한 것도 여러 번이었다.

재진이가 방에 누워 있을 때는 행여 누가 훔쳐가기라도 할까 빈 휠체어를 지키는 영식이는 잠자고 밥 먹는 일까지 휠체어 밑에서 할 정도였으니 대단한 충성이었다. 하지만 재진이가 영식이를 위해서 해줄 수 있는 건 한 가지도 없었다. 제 몸 하나 추스르지 못하는 재진이였기에, 밥을 챙겨 주지도 못했고 하물며 영식이의 하얀 털을 만져 주는 것도 서너 번의 헛손질 끝에나 겨우가능한 일이었다. 그렇게 아무것도 해주지 못하는 어리고 아프기까지 한 주인이지만, 오히려 재진이를 위해 해줄 수 있는 것이너무 많아서 행복한 영식이였다. 재진이의 아픈 몸을 기댈 수 있는 것이 휠체어라면 병약하고 고통스러운 재진이의 마음을 기댈 수 있는 유일한 친구가 영식이었던 셈이다.

가난한 살림에 느즈막히 얻은 늦둥이 아들 재진이. 아빠 엄마는 남의 집 밭일까지 해가며 매일매일을 바쁘고 고된 나날을 보내야 겨우 입에 풀칠이라도 할 수 있는 형편이었다. 그러나 곁에 꼭 붙어서 하나부터 열까지 챙겨 주고 보살펴 줘야 하는 뇌성마비 아들이기에 남의 집 밭일을 하면서도 휠체어에 태운 재진이를 항상 데리고 다녀야만 했다.

그러다 보면, 하루 종일 뙤약볕에 재진이를 홀로 내버려 두는 일도 많았고, 짓궂은 동네 아이들이 휠체어에 탄 재진이를 놀리고 도망가기도 해 마음 아팠던 적도 한두 번이 아니었다.

하지만 3년 전 재진이를 위해 이웃에서 선물한 영식이가 온 뒤부터는 모든 것이 달라지기 시작했다. 재진이의 곁을 든든하게 지켜 주는 영식이 때문에 엄마 아빠는 걱정을 하지 않고 일에 매달릴 수 있었다.

8월, 무더운 여름 한낮이었다. 여느 때처럼 아빠 엄마는 재진이를 휠체어에 태우고 밭일을 가고 있었다. 물론 앞장을 선 것은 마냥 신이 난 영식이였다.

일주일 전부터 새로 일을 시작한 이장님 댁 밭은 조금 가파른 언덕길을 올라가야 했는데, 이글거리는 여름 햇살 아래서 휠체어까지 밀자니 엄마의 얼굴에는 벌써부터 땀이 송글송글 맺히기 시작했다.

'날이 무척 덥구만… 재진이는 두고 올 걸 그랬나?'

하지만 휠체어에 앉아서 아까부터 신이 나 생글생글 웃는 재진이를 보고 엄마는 생각을 바꾸었다. 혼자서 방 안에만 갇혀 있으면 얼마나 답답할까? 외출을 좋아하는 재진이의 마음을 누구보다 잘 아는 엄마였다.

밭에 도착하자, 아빠와 엄마는 재진이를 길 한쪽, 큰 아름드리 나무 옆에 잘 세워 두었다. 그 정도 위치라면 밭에서도 잘 보이는 곳이라 염려 없고, 그늘도 잘 드리워졌으니 재진이가 시원하게 있을 거라고 생각한 때문이었다. 영식이도 재진이의 휠체어 곁에 자리를 잡고 앉았다. 녀석도 자리가 마음에 드는 모양이었다.

"영식아, 우리 재진이 잘 돌보고 있으렴."

엄마는 재진이 한 번, 영식이 한 번 토닥여 주고는 밭으로 향했다. 느티나무 아래서 재진이는 신이 났고, 영식이는 나른했는지 휠체어 밑에서 동그랗게 몸을 말고서는 두 눈을 껌벅껌벅 하며 졸고 있었다.

그런 재진이와 영식이를 지켜보면서 아빠 엄마는 부지런히 밭을 갈고 있었다. 얼마나 지났을까, 갑자기 머리에 보자기를 쓴 아줌마가 헐레벌떡 밭으로 뛰어왔다.

"재진네! 저기 기순이네 집에서 급하게 일손을 구한다네. 오늘까지 끝내야 하는데 일하던 아줌마들이 새참 먹고 탈이 났는지 가 버렸대요. 같이 안 갈래요?"

"글쎄, 재진이를 데리고 와서요. 기순이네 밭은 너무 멀잖아요?"

"아유… 아깝네. 일당이 꽤 좋다는데… 하루 일에 3일치 일당을 쳐 준다잖아"

재진이를 두고 가는 것이 마음에 걸리긴 했지만, 아빠 엄마에게 3일치 일당을 준다는 말은 거절하기 어려웠다. 게다가 재진이 곁에는 영식이가 있지 않은가. 한 시간이 넘도록 시장에 다녀왔어도 재진이를 잘 지켜 주던 영식이가 아니었던가.

아빠 엄마는 영식이의 머리를 쓰다듬으며 다시 한 번 단단히 재진이를 당부하고는 언덕 넘어 기순이네 밭으로 일을 떠났다.

뜨겁던 여름 해가 조금씩 기운을 잃어 가고 있을 즈음이었다. 동네 꼬마 녀석들이 한 무더기 언덕길을 올라오고 있었다. 근처 초등학교에 다니는 아이들인데 대여섯 명이 어울려서 동네를 휘저으며 말썽깨나 부리는 짓궂은 녀석들이었다. 휠체어 밑에서 가까스로 졸음을 쫓고 있던 영식이가 녀석들의 등장에 예민해지기 시작했다. 귀를 쫑긋 세우고 잠이 덜 깬 두 눈에는 잔뜩 힘이 들어가 있었다. 재진이와 영식이 곁을 지나던 녀석들은 장난기가 발동했다.

재진이의 곁으로 슬슬 녀석들이 다가오자 영식이는 사납게 짖어 대면서 녀석들을 향해 으름장을 놓았다. 한두 명이 아니었지만 영식이가 얼마나 재빠르게 막아서는지 아이들은 쉽게 재진이 곁으로 다가올 수가 없었다. 허연 이빨을 드러내 놓고 으르렁거리며 겁을 주는 영식이에게 겁이 난 아이들은 뒷걸음질을 치고 있었다. 하지만 그중 제일 큰 녀석만은 조그마한 개한테도 당해 내지 못한다는 게 화가 난 건지, 아니면 친구들에게 용감하게 보이고 싶었던 건지 좀처럼 물러서지 않았다.

급기야 휠체어에 앉은 재진이를 툭 하고 건드렸고 동시에 덩치 큰 녀석은 엉덩방아를 찧고 말았다. 영식이가 재진이를 건드린 녀석의 오른쪽 발목을 물어 버린 것이다.

"으앙.." 울음보가 터지고 말았다.

"얼레리 꼴레리, 영식이한테 당했대요, 강아지한테 당했대요!"

뒤이어 벌어질 무서운 일을 아무도 예상하지 못한 채, 아이

들은 덩치 큰 녀석이 우는 모습을 보고 배꼽이 빠져라 웃고 있
었다.

　그러자 아픈 발목을 잡고 씩씩거리며 울던 녀석이 갑자기 재
진이가 타고 있는 휠체어에 달려들었다. 휠체어를 밀고 당기는
녀석을 향해 영식이가 목이 터져라 짖어 대는 소리와 성난 아이
의 울음소리… 그리고 구경하던 꼬마들의 시끄러운 함성이 뒤
섞이던 그 순간!
　덜컹… 스르륵…
　"으…으…으으으으…"
　재진이가 탄 휠체어가 조금씩 움직이며 밀려 내려가고 있었
다. 눈물과 침이 범벅이 되어 일그러지는 재진이의 얼굴은 몹시
겁에 질렸고, 휠체어의 바퀴는 언덕의 내리막길을 향해 점점 속
력을 더해 가고 있었다.
　동네 녀석들은 그 무서운 장면을 보고 모두 허옇게 질려 꼼짝
도 할 수가 없었고, 주변에는 도움을 줄 만한 어른들도 보이질
않았다.
　울퉁불퉁한 내리막길을 따라 덜컹거리며 미끄러지는 휠체
어!
　그때, 갑자기 영식이가 휠체어를 따라 달리기 시작했다. 온

힘을 다해 제 주인 재진이를 따라 뛰어 내려가고 있었다.

　그리고…

　턱… 턱턱… 깨…앵…

이상한 소리와 함께 정신없이 굴러 내려가던 재진이의 휠체어가 드디어 멈춰 섰다.

　"으…으…으으으으…"

온 몸을 비비꼬면서 얼마나 몸을 흔들었는지 멈춰진 휠체어에서 떨어져 내린 재진이는 더욱 크게 비명을 지르며 간신히 손을 내밀었다. 떨리는 재진이의 손은 휠체어 바퀴 한쪽에 작은 몸이 끼인 채 끙끙거리고 있는 영식이에게로 향하고 있었다.

영식이의 하얀 털은 빨갛게 물들어 있었고 재진이를 바라보는 두 눈은 촉촉이 젖어들고 있었다.

　다 괜찮다고… 재진이 형이 다치지 않았으면 된 거라고 말하기라도 하듯… 상처 입은 영식이의 모습은 오히려 편안해 보였다. 재진이는 힘겹게 영식이를 쓰다듬으며 울고 있었다. 위험천만한 순간에 오직 재진이 하나만 생각하고 달리는 휠체어에 뛰어든 영식이가 얼마나 고맙고도 소중했을까?

　연락을 받고 달려온 아빠와 엄마는 급히 영식이를 읍내의 동물병원으로 데리고 갔다. 부모도 지켜 주지 못한 아들을 이 작은 녀석이 구해 냈다고 생각하니 가슴이 뭉클해진 아빠 엄마는 영식이에게 별 탈이 없기를 간절히 기도하고 또 기도했다.

　다행스럽게도 휠체어 바퀴에 찢어진 살은 치료를 받으면서 빠르게 아물었고 골절된 뒷다리 두 개의 수술도 성공적이었다. 엄마는 영식이를 위해 뜨끈한 고깃국에 밥을 말아 주었고, 재진이는 깁스를 한 영식이를 휠체어에 함께 태워 주곤 했다. 그렇게 영식이는 가족들의 극진한 간호를 받으며 조금씩 예전의 모습을 찾아가고 있었다.

　요즘, 영식이는 재진이를 전보다 더 든든하게 지켜 주고 있다. 마음 착한 개 영식이는 장애를 가지고 살아가야 하는 재진이가 두렵고 낯선 세상에서 그 누구보다 강하게 살아갈 수 있도록 믿음직한 동반자가 되어 주고 있는 것이다. 또 누군가를 위해 한결같은 마음으로 베풀어 줄 수 있는 것이 받기만 하는 사랑보다 더 가치 있고 소중하다는 것을 여실히 보여 주고 있다.
　휠체어를 탄 재진이의 곁에서….

개들이 사람에게 보내는 몸짓과 표정의 비밀

짖는 소리 말고도 몸짓과 표정으로, 개들은 사람에게 끊임없이 자신의 의사를 전달한다. 과연 개들의 커뮤니케이션 방법은 무엇일까?

● **뒤로 벌렁 드러눕는다.**

신뢰와 항복 │ 가까운 사람에겐 신뢰를, 개들 사이에서는 항복을 표시한다. 곧 자신의 가장 취약한 부분인 복부를 드러냄으로써 적의가 없음을 나타낸다.

● **꼬리를 뒷다리 사이에 말아 넣고 허리를 낮추며 귀를 늘어뜨린다.**

공포 │ 고개를 숙이고 몸을 움츠리며 때로는 떨기도 한다. 공포요인을 없애 주고 안정을 취할 수 있도록 해줘야 한다. 심하면 공포로 인한 쇼크사까지 일으킬 수 있다.

● **귀를 상대방에게 향하고 몸을 낮춘다.**

경계 │ 신속하게 도망치거나 공격할 수 있는 자세를 취하게 된다.

● **꼬리를 꼿꼿하게 세우고 등의 털을 곤두세운다.**

위협 │ 등의 털을 곤두세우는 것은 몸집을 크게 보이도록 하려는 것. 또 몸을 경직시켜 발끝으로 어슬렁어슬렁 걸어간다.

● **몸을 뒤틀거나 꼬리를 계속 흔들고, 또는 귀를 뒤쪽으로 젖힌다.**

기쁨

● **귀를 약간 말면서 머리를 낮추고 슬슬 접근한다.**

자신감 │ 귀를 앞쪽으로 향하는 것은 상대방을 가리키는 것, 입을 꼭 다물고 눈에는 힘을 주게 된다. 슬슬 접근하다가 상대방이 공격을 하려고 하면 덤벼들기도 한다.

● **입술을 걷어 올리고 이빨을 드러낸다.**

불쾌 │ 코에 주름을 잡기도 하는데, 상대방이나 상황에 상당히 불만이 있다는 의사표현이다.

몽실이의 머나먼 여정

부산시 감만동의 한 주택가에 사는 은별이 엄마에게는 아침마다 전쟁이 따로 없다.

빗자루와 쓰레기 봉투를 들고 대문간에 서서 혼잣말을 내뱉는 은별이 엄마는 여간 짜증스러워 보이는 게 아니다.

"대체 누가 매일 이러는 거지? 왜 꼭 우리집 앞에다만 이러는 거야 참나… 얘, 미나야, 만지면 안 돼. 지지란다. 은별아 미나 데리고 들어가"

은별 엄마가 한참이나 째려보는 대문 앞에는 족발 뼈다귀, 먹다 남은 순대나 고기 같은 것들이 놓여 있었다. 언뜻 보면 지저분한 쓰레기들이 그냥 버려져 있는 것처럼 보이기도 했다.

벌써 며칠째 은별이네 대문 앞에는 아침마다 이런 뼈다귀들
이 수북이 쌓여 있곤 했다.

아침마다 대문을 열면 늘어져 있는 쓰레기를 치워야 하는 은
별 엄마의 기분은 아랑곳없이 족발 뼈다귀에 고깃덩어리 때문
에 마냥 신이 나는 건 미나였다. 족발 뼈다귀를 보고 밖으로 경
중경중 뛰어나왔다가, 곧 7살 난 은별이의 양손에 붙들려 집 안
으로 끌려 들어가고 말았다. 미나는 은별이네 집에서 키우는 복
슬복슬한 털이 하얗게 덮인 작은 강아지다.

엄마는 팔을 걷어부치고 빗자루로 싹싹 쓸어내면서 뭔가를 곰
곰이 생각하고 있었다. 하루 이틀 계속되는 일에 시간이 지날수
록 화가 난다기 보다는 이상한 궁금증이 일기 시작했던 것이다.

대체 누가 매일같이 이런 것들을 갖다 놓는 걸까?

왜 하필 우리 집 앞일까?

은별이네 동네는 구불구불한 샛길들이 여러 군데 연결되어
있어서, 처음 온 사람이라면 누구나 한 번쯤은 헤매기 십상인 동
네였다.

게다가 좁은 골목을 따라 집들이 어깨를 마주 대고 있는 것처
럼 다닥다닥 붙어 있다. 크기도 모양도 비슷한 대문들이 줄지어

연결되어 있어서 칸막이를 쳐 놓고 사는 것처럼 보일 정도였다. 여기가 누구의 집인지 언뜻 구별이 가지 않을 정도인데, 어떻게 알고 꼭 은별이네 집 앞에만 뼈다귀며 고깃덩어리를 갖다 놓는 것인지….

참으로 알쏭달쏭한 일이었다.

이런 일이 계속되자, 은별 엄마는 마치 형사라도 된 것처럼 비장한 목소리로 범인을 꼭 잡고야 말겠다며 부산을 떨고 있었다. 밤새 누가 왔다가는 것인지 오늘은 꼭 보고야 말리라… 벌써 몇 시간째, 은별 엄마는 길 쪽으로 나 있는 은별이 방 창문을 열어 놓고 밖으로 고개를 쏙 내밀고 있었다.

얼마나 지났을까….

멀리서 누군가의 발자국 소리가 들렸다. 어둠 속에서 일정한 간격으로 들리는 소리, 탁탁… 탁탁…

역시나 소리는 점점 은별이네 집 쪽으로 가까워지고 있었다. 심호흡을 하고 바깥을 응시하던 은별 엄마는 너무 놀라 아무 말도 할 수가 없었다.

"세상에… 몽실이잖아… 여길 어떻게…."

대문 앞에는 하얀색 개 한 마리가 있었다. 온통 하얀색에 은은한 갈색 점들이 중간중간 섞여 있는, 그리 크지도 작지도 않은 발발이 한 마리였다.

　제 입보다 훨씬 큰 족발 뼈다귀를 물고 와 대문 앞에 내려놓고
는 멀찍이 떨어져 한참이나 이쪽을 바라보고 앉아 있는 개를 은
별 엄마는 너무도 잘 알고 있었다.

　몽실이!
　몽실이는 은별이네서 키우고 있는 새끼 강아지 미나의 엄마
였다.

　한 30분쯤 걸어가면 동네 초입에 꽤나 큰 시장이 있는데 그
시장 한가운데 몽실이네 집, 슈퍼가 있다. 워낙 영리하고 순한
지라 몽실이는 시장 사람들의 사랑을 한 몸에 받고 있었다.
　그런 몽실이가 새끼를 갖자 여러 사람들이 새끼를 분양하라
고 채근을 했었다. 지난 달, 몽실이는 다섯 마리의 새끼를 낳아
모두 분양되었지만, 유난히 몸이 약했던 막내 미나만이 몽실이
곁에 남았다.
　몽실이는 마지막으로 남겨진 데다가 몸까지 병약한 새끼 미
나를 끔찍이도 아꼈었다. 하지만 가뜩이나 번잡스러운 슈퍼에
서 새끼 강아지까지 키운다는 게 못내 부담스러웠던 아저씨는
결국 미나를 은별이네 집으로 보내기로 마음을 먹었다.

'몽실이가 많이 서운해할 텐데… 미안하지만 어쩔 수 없지.
장사를 망칠 수는 없잖아.'

몽실이가 얼마나 미나를 아꼈는지 누구보다 잘 아는 아저씨는 몽실이가 없는 틈을 타 은별이 엄마에게 미나를 몰래 안겨 보냈었다.

"몽실이 오기 전에 어서 가세요. 요 녀석 난리를 칠 겁니다."

그렇게 미나는 은별이네 집으로 오게 되었고, 하루 아침에 새끼를 잃어버린 몽실이는 그 후로 꽤 오랫동안 귀와 꼬리를 축 내리고 집 안에서 나오지 않았다 했는데….

그런 몽실이가 제 새끼가 살고 있는 곳을 찾아온 것이다.

차들이 제법 많이 다니는 큰 도로를 두 개나 지나, 꼬불꼬불 얽혀져 있는 골목길을 돌고 돌자면 걸어서 족히 30분도 넘게 걸리는 머나먼 길….

입안 가득 미나에게 주고 싶은 맛있는 것들을 물고 찾아오자면 몇 번이고 놓치기도 하고, 숨이 턱까지 차는 힘든 길이었을 텐데, 그 길을 정말 저 녀석 혼자 왔단 말인가!

혹시나 먼발치로라도 제 새끼를 볼 수 있을까.

어두운 밤, 대문간에서 찬 서리를 맞아 가며 하염없이 미나가 있는 쪽을 바라보고 있기까지 했다.

어미의 마음이 이런 것일까….

은별 엄마는 급히 미나를 안고 대문을 열어젖혔다. 미나를 보자마자 꼬리를 흔들며 달려온 몽실이. 그렇게 어미 몽실이와 새끼 미나는 한 달 만에 다시 만나게 됐다.

그동안 잘 있었는지 안부를 묻기라도 하듯, 몽실이는 제 새끼의 얼굴 이곳저곳을 핥아 주었고, 어린 미나도 엄마를 잊지 않았는지 몽실이에게 살을 부벼대며 좋아했다.

한참을 서로 부둥켜 안고 좋아하던 몽실이와 미나…

몽실이는 입안 가득 가지고 온 고깃덩어리와 뼈다귀들을 미나 앞으로 끌고 오기 시작했다. 어서 먹으라는 듯, 자꾸만 미나에게 밀어 주는 몽실이….

미나는 몽실이의 정성을 알기라도 하는 것처럼, 제 어미가 가져다준 뼈다귀들을 쩝쩝거리며 참 맛있게도 먹었다.

먼 길을 달려오느라 힘들고 배도 고팠을 텐데, 몽실이는 맛있게 먹는 미나를 그저 바라만 보고 있을 뿐이었다. 미나에게서 한시도 눈을 떼지 않는 엄마 몽실이의 눈길 속에는 사랑이 가득했다.

가져온 것들을 거의 다 먹었을 즈음, 몽실이가 갑자기 켁켁거리기 시작했다.

"아이구, 이 녀석… 왜 이러니… 이러다 다 토하겠다"

먼 길을 오다 혹 무슨 변이라도 당한 걸까? 몽실이는 자꾸만 속을 게워내고 있었다.

영문을 몰라 당황하던 은별이 엄마는 깜짝 놀라고 말았다.

하루 종일 먹은 것도 제대로 없었기에 나올 것도 없었지만 힘들게 제 뱃속을 게워내는 몽실이…

그렇게 입속에서 나온 작은 고깃덩어리를 미나에게 먹이는 게 아닌가. 이렇게라도 자식에게 자꾸만 주고픈 마음.

어미가 아니고서 누가 이해할 수 있을까….

그날 이후, 몽실이는 하루에도 몇 번씩 미나를 찾아왔다. 시장 사람들이 몽실이를 위해 챙겨 준 음식들은 고스란히 미나에게로 왔다.

족발집 아줌마가 챙겨 준 커다란 뼈다귀도 그랬고, 과일집 아저씨가 몽실이 주려고 남겨 놓은 사과며 바나나도 그랬다. 누가 무엇을 주던 간에 몽실이는 단 한 번도 제 배를 채운 적이 없었다.

먼 여정 그러나, 짧은 만남.

　꼭 제 손으로 미나의 먹을 것을 챙기고 한바탕 신나게 놀아 주는 것도 모자란 걸까? 몽실이는 해질녘이면 다시 한 번 찾아와 대문 앞 가로등 밑에서 집 앞을 바라보고 서 있곤 했다.

지금쯤 미나가 잠들고 있겠지….

진한 아쉬움과 그리움으로 이어지는 몽실이의 밤은 새벽 찬 서리가 내릴 즈음에서야 겨우 끝이 나곤 했다.

멀고도 험한 길을 하루에도 몇 번씩 다니며 먹을 것은 죄다 미나에게 가져다 주고 자신은 입에도 대지 않으니 얼마나 힘겨울까? 그렇게 녀석은 제 뱃속에서 나온 새끼를, 곁에서 기르고 보살피는 것보다 몇 배는 더 힘들게 지켜 주고 있었다.

힘들고 험한 가시밭길이라도 제 자식을 위해서라면 맨발로라도 가는 것이 어미의 마음임을 보여 준 몽실이의 사랑. 정성어린 사랑으로 쑥쑥 자란 미나가 제 어미인 몽실이를 찾아가는 그날까지 몽실이의 머나먼 여정은 멈추지 않을 것이다.

만약에 혹시라도

뼈다귀를 입에 물고 대로변을 달리는 하얀 갈색 점박이 개를 만난다면,

살짝 미소 지으며 한 마디 건네 주시기를…

"몽실이 엄마, 미나는 잘 있지요?"

하늘에서 들려오는 음악을 듣는 개, 니퍼

한때 유명한 레이블 음반의 표지를 장식하던 '나팔관이 달린 축음기 앞에 고개를 갸우뚱하며 앉아 있는 폭스테리어 종의 개'에 대한 이야기다.

이 그림은 영국의 화가 프란시스 바라드가 자신의 형이 기르던 〈니퍼Nipper〉라는 개를 그린 것. 그런데 어떻게 해서 음반의 표지그림으로 선택되었을까? 여기에는 감동적인 니퍼의 사연이 담겨 있다.

니퍼의 주인은 피아니스트였다. 주인이 연주를 하면 니퍼는 항상 그 곁에 앉아 음악을 들으며 앉아 있었다.

그런데 주인이 휴가를 떠났다가 그만 여행지에서 죽음을 당하고 말았다. 그것을 알 리 없는 니퍼는 집에서 주인이 오기를 기다리고 있었다. 그런 모습이 안스러워 바라드는 형이 기르던 니퍼를 자신의 집으로 데리고 왔다.

그 후, 바라드가 집에서 파티를 열었을 때였다. 파티의 분위기를 고조시키기 위해서 당시 에디슨이 발명하여 막 시판한 축음기로 음악을 틀었다. 그런데, 갑자기 어떤 곡이 시작되자 니퍼가 축음기 앞으로 성큼성큼 걸어 나와 그 앞에 앉아서 고개를 갸우뚱거리는 것이었다. 그 곡은 자신의 주인이 평소에 연주하던 피아노 곡으로, 니퍼는 주인이 온 줄 알고 그 앞에 다가갔던 것이다. 하지만, 연주만 들릴 뿐 주인의 모습이 보이지 않자 고개를 갸우뚱거리며 이상하다는 표정을 짓고 있었다.

바라드는 이런 니퍼의 모습을 그렸다. 축음기 앞에서 고개를 갸우뚱하는 니퍼.

바라드는 이 그림을 '발명의 아버지'인 에디슨에게 가져가서 에디슨 벨社의 로고로 쓰면 어떻겠냐고 제안했다. 그러나 에디슨은 거절했다.

"가당치도 않다! 개 따위가 축음기에 귀를 기울이고 있다는 것이 말이 되는가?"

바라드는 그것을 에디슨의 경쟁업체인 그라모폰社에 팔게 되었다. 그라모폰의 창립자인 베를리너는 이 그림을 무척 마음에 들어 했고 이것을 회사 로고로 정해서 HMV(his master's voice)라고 불렀다.

이후 이 로고는 회사의 공식로고로 사용되다가 '콜롬비아' 사와 'EMI'로 통합되면서 더 이상 쓰이지 않고 있다.

1950년대에는 EMI가 니퍼의 유해를 발굴하려 했으나 그곳이 공원으로 변하고 말아 뜻을 이루지 못했다. 100년이 지난 지금도 니퍼의 그림이 들어 있는 엽서와 포스터 등 골동품을 찾아 수많은 니퍼 수집가들이 골동품점을 뒤지고 다닌다고 한다.

끝없는 기다림

2002년 8월의 어느 날.

방송사의 작가실로 보내온 한 통의 편지를 받았다.

삐뚤빼뚤한 글씨에 단 세 줄의 짧은 내용이었다.

『 조치원에 사는 사람입니다.

죽림 오거리라고 큰 교차로가 있는데 벌써 한 달이 넘도록 개

한 마리가 그곳에 있습니다.

지난 태풍에도 떠나지 않고 있는데 몹시 위험해 보입니다. 』

조치원 오거리 교차로 안전지대에 개 한 마리가 여러 날 동안

방치되어 있는 모양이었다. 그 자리를 떠나지 않고 지킨다는 부

분이 좀 걸리긴 했지만, 유난스럽게 생각하지 않으면 너무나도 평범한 내용이었다.

우리가 사는 동네에도 가끔씩 일정한 장소에 매일 한 번씩은 나타나는 개들이 있게 마련 아닌가. 게다가 사람들과 차들이 많이 다니는 오거리 교차로라면 이 동네를 활보하는 개가 하루 한 번쯤은 지나다닐 터였고, 그 정도는 충분히 있을 법한 일이었다.

며칠째… 편지는 책상 위에 처음 봉투를 열었던 그 상태로 계속 놓여 있었다.

그리고 어느 비가 내리던 밤, 창가에 서서 우산을 갖고 오지 않은 건망증을 탓하며 한참이나 넋두리를 늘어놓고 있던 참이었다. 창문 밖으로는 비를 빨아들이고 있는 것 같은 넓은 한강이 눈에 들어왔다. 그리고 여의도와 영등포, 마포로 통하는 4거리 교차로가 있었다. 차들이 신호에 따라 정신없이 달리는 교차로….

다시 한 번 편지를 열었다.

교차로… 떠나지 않는 개…

지금 이 빗속에도 그곳을 지키고 있을까? 옆에 있던 동료 작가에게 슬쩍 말을 건넸다.

"길 한복판에 몇 달째 개가 한 마리 있대. 왜 그럴까?"

"길을 잃었나? 아니면 어쩌다 거기까지 갔는데 못 나올 수도 있지"

"누구 기다리는 거 아니야? 일본에 하치라는 개두 죽은 주인을 기다리려고 역 앞에서 몇 년을 서 있었다잖아. 교차로랑 역 앞… 비슷한데?"

"또 소설 쓴다. 비 그칠려구 해, 어서 집에나 가자."

그 후로도 오래도록 의문의 개 한 마리가 머릿속에서 떠나질 않았고 결국 조치원으로 향했다. 별다른 뭔가를 기대하진 않았지만 이상하게도 그 녀석이 한번 보고 싶었다.

어떻게 생긴 녀석일까? 왜 한 달이 지나도록 그 곳을 떠나지 못하고 있는 걸까?

서울에서 차를 탄지 두어 시간이 지나서 죽림 오거리에 도착했다. 조치원 역에서 얼마 떨어지지 않은 곳이었다. 조치원에서는 가장 큰 교차로였고, 조치원 시내와 고속도로를 두루 연결하는 나름대로의 요충지였기에 차들의 왕래가 제법 빈번한 곳이었다.

죽림 오거리에 도착했을 때 가장 먼저 눈에 뜨인 것은 교차로

한가운데 노란색 삼각형으로 표시되어 있는 안전지대였다. 그리고 그곳에는 과연, 하얀색 개 한 마리가 있었다

　　좌회전과 우회전을 번갈아 하며 쌩쌩 엇갈리고 있는 수많은 차량들 사이로 그리 크지도 작지도 않은 하얀색 잡종 발발이 한 마리가 자리를 잡고 앉아 있는 것이 보였다. 자세히 보면 몸 여기저기 아주 연한 갈색의 점박이가 보였지만 털이 워낙 하얀지라 점박이는 그다지 눈에 띄지 않았다. 아주 연약해 보이는 녀석이었다.
　　몇 달째 제대로 챙겨 먹지도 못했는지 갈비뼈가 보일 만큼 앙상했고 눈가에는 피로가 역력했지만 눈망울만큼은 또렷했다.

　　아.. 저 녀석이구나!
　　녀석을 만나러 오기 전 까지 무수히 많은 상상을 했던 탓인지 앉아 있는 폼이 예사롭지 않게 느껴졌다. 다리를 모으고 귀를 쫑긋 세운 채 하염없이 달리는 차들을 바라보는 하얀 개. 갑자기 안쓰러운 마음에 코끝이 찡해져 왔다.
　　넓디넓은 교차로 가운데 앉아 있는 모습에 괜시리 가슴 한구석이 싸해진 것이다.

교차로 건너편에 자리를 잡고 녀석을 지켜보았다. 사실 주인이 있는 개일 수도 있고, 동네 여느 개들처럼 마실이라도 나왔을지 모를 일이었기 때문이다.

한 시간, 두 시간… 시간은 자꾸 흘렀다. 하지만 녀석은 벌써 몇 시간째 안전지대 안에 머물고 있었다.

혹시, 달리는 차들이 무서워 나오지 못하는게 아닐까도 생각해 보았지만, 마치 오거리 교차로 신호체계를 다 알기라도 하듯 좌회전과 우회전 차들을 절묘하게 피해서 어디론가 사라졌다가도 곧바로 다시 안전지대로 와서 자리를 잡는 걸 보면 어쩔 수 없이 갇혀 있는 건 분명 아니었다.

교차로를 지나는 차들도 녀석을 배려라도 하듯, 속력을 줄이기도 했고 어떤 운전자는 창문을 열고 빵이며 먹을 것을 던져 주기도 하였다. 벌써 몇 달째 교차로 안전지대를 지키고 있다고 하더니 정말인 모양이었다.

녀석은 사람들이 던져 준 빵이며 우유를 제외하고는 하루 종일 아무것도 먹지 않고 안전지대를 지키고 있었다.

교차로에 밤이 내렸다. 주변 가겟집들도 셔터를 내린 뒤였고, 교차로에 남은 건 바쁘게 어디론가 향하는 차들과 안전지대 안에서 지친 듯 엎드려 있는 녀석뿐이었다. 정말 갈 곳이 없는 건지… 녀석은 안전지대 안에서 그냥 밤을 보낼 모양이었다.

차디찬 아스팔트 바닥에 배를 대고 웅크린 채로 살풋 눈을 감 았다가도 라이트 불빛과 바퀴 소리만 나면 이내 눈을 동그랗게 뜨는 녀석….

두려움 때문인지 아님 정말 누군가를 기다리고 있기라도 한 건지… 녀석은 안전지대 안에서 꼼짝도 하지 않았다.

두두두… 두둑…

빗방울이 떨어지기 시작했다. 비를 막아 줄 아무것도 없는 도 로 한복판에서 내리는 비를 모조리 맞으며 배가 고픈지 낮에 먹 었던 우유에 입을 가져가기 시작했다. 8월 한낮 무더위에 상했 을지도 모르는데 내리는 빗물에 범벅이 되었을 우유에 입을 대 고 있었다.

아무래도 안되겠다 싶었다. 걱정스러운 마음이 들어 우산이 라도 주면 좀 나으려나 싶은 마음에서 안전지대 쪽으로 향했다. 천천히 녀석이 있는 안전지대 쪽으로 다가가자 녀석은 이내 귀 를 쫑긋 세우고, 동그란 눈을 크게 떴다.

눈이 마주쳤다.

"괜찮아… 해치지 않을 게… 이것만 주고 갈 꺼야"

하지만, 녀석은 부리나케 건너편 논둑길 쪽으로 달려가 버렸다. 보통 떠돌이 개들이 그러하듯 낯선 사람을 극도로 경계하는 녀석. 건너편 논둑길 쪽에서 반짝이는 녀석의 눈빛이 보였다. 이쪽에 있는 낯선 사람의 동태를 파악하고 있는 것이리라….

도와주려고 했던 건데, 괜한 일로 녀석의 보금자리를 빼앗은 건 아닌가 미안해지기 시작했다.

할 수 없이 상한 우유와 먹던 빵들을 치우고 차 안에 있던 소시지와 오뎅국물을 우산에 받쳐 놓고는 돌아왔다.

한참 뒤…

아무도 없는 것을 확인한 녀석은 안전지대로 돌아왔고, 불안한 듯 여기저기를 살피다가 이내 우산으로 덮여 있는 소시지와 오뎅국물을 허겁지겁 먹기 시작했다.

몹시 배가 고팠구나….

그리고는 빗속에서 잠을 청하고 있었다. 내리는 비 때문에 몸은 엉망진창이 되었지만 어찌된 일인지 녀석의 얼굴은 꿈이라도 꾸는 듯 편안하고 행복해 보였다.

새벽녘, 비가 개고 무지개가 피어 오를 때까지 녀석은 깊은 잠에 빠져 있었다.

근처 사람들을 찾아다니기 시작했다.

아무리 제가 편하고 좋아서 있는 거라지만 하루에 수백 대의 차들이 다니는 교차로 한가운데가 작은 개 한 마리에게 안전할 리가 없었다. 또 길거리에서 먹고 자며 떠돌이 생활을 이대로 계속한다면 병에 걸리거나 굶주려 죽을지도 모를 일이었다.

왜 녀석이 안전지대를 떠날 수 없는 건지… 이유라도 알아야 도와줄 수 있을 것 같았다. 그리고 여러 차례의 탐문 취재를 거쳐 녀석에 관한 몇 가지 사연을 추측해 볼 수 있었다.

"주인이 여기 교차로 어디서 사고가 났다고 하대. 주인은 죽고 저 개만 살았는데 갈 곳이 없는 거라. "

"주인이 죽은 지도 모르고 기다리는 거 같아요. 춥고 배고픈데 기특도 하지… 쯔쯔쯔… 죽은 주인이 돌아올 리도 없고…."

"누가 본 사람이 있는 건 아니고… 교차로니까 얼마나 사고가 많겠어요. 다른 데도 아니고 딱 교차로 한가운데 있으니까 뻔하지 뭐…."

시내와 고속도로를 연결하는 죽림 오거리. 신호가 있긴 하지만 차들의 왕래가 많은 곳이기에 번잡스러운 건 당연한 일이었다. 잦은 접촉사고로 고성이 빈번하게 오가기도 하는 소란스러운 곳이었다. 그런 곳에 하필 개 한 마리가 오도가도 못하고 갇혀 있으니 일리가 있는 생각일지도 모르겠다. 가슴 아픈 사연을 지니고 있는 게 아니라면 영민해 보이는 녀석이 제 집도 못 찾아 다른 곳도 아니고 차도 한가운데 자리를 잡을 이유가 없다는 것이 사람들의 이야기였다.

하긴, 처음 봤을 때 녀석의 표정을 생각해 보면 그도 그럴 법하다. 달리는 차들을 하염없이 바라보는 눈빛… 그 눈을 찬찬히 보고 있노라면 촉촉이 젖어 있다는 걸 누구라도 알 수 있으니 말이다.

가까운 조치원 죽림 파출소를 찾았다. 사람이 죽었을 정도의 대형 사고라면 분명 기록이 남아 있을 거라고 생각했다. 파출소 경찰들도 이미 녀석에 대해서는 너무나 잘 알고 있었다.

"아, 하얀 개 말씀이시군요. 저희는 그 개를 교통경찰견이라고 불러요. 기가 막히게 신호 체계를 알거든요. 사고 한 번 안 나는 거 보세요, 벌써 몇 달째 인데도…. 사고기록이 필요하시다구요?"

최근 6개월간의 사고 기록을 찾아봤다. 하지만 많은 접촉 사고들 중에서 단서가 될 만한 대형 사고는 단 한 건도 없었다.

또 다른 추측은 이랬다.

"주인이 버리고 간 개일 거예요. 여기가 워낙 통행량이 많으니까 차 타고 오다가 버린 거죠"

"자기 동네에 버리면 찾아올 테니까 여기까지 나와서 버린 거로구만. 이 동네에서는 주인 찾기 어렵겠네"

"몹쓸 사람들… 안 키우면 말 것이지 개를 저렇게 위험한 곳에 버리면 어쩌누…."

버림받은 개라….

외지 사람이 조치원까지 와서 녀석을 버리고 간 거라면 뾰족한 수가 없었지만, 근처에 사는 누군가라면 찾을 수도 있을 것 같았다.

죽림리 이장님과 면사무소의 도움을 받아 주인을 찾아 나섰다. 근처 새로 생긴 아파트며 예전부터 살고 있는 농가들까지 수소문했지만 주인은 나타나지 않았고 알고 있는 사람도 없었다.

시간은 흘렀고, 녀석은 여전히 안전지대를 지키고 있었다. 이유야 어찌 됐건 불쌍하고 안쓰러운 마음에 마을 사람들과 파출소 경찰관들이 힘을 합해 녀석을 안전한 곳으로 데리고 가려 했지만, 녀석은 사람 발자국 소리만 나면 부리나케 도망가 버렸다. 얼마나 예민한지 가까이 가기조차 힘들었다.

그렇게 며칠 동안 안쓰러운 마음으로 바라보기만 하던 중 한

가지 이상한 점을 발견하게 되었다. 아침 저녁으로 안전지대에서 한 번씩 자리를 뜨는 녀석이 가는 곳은 늘 일정한 방향이었던 것이다. 뻥 뚫린 오거리 교차로에서 갈 길은 다섯 군데가 넘었고, 그중에는 횡단보도가 있는 안전한 길도 많았지만, 어쩐 일인지 꼭 위험천만한 커브길을 돌아 늘 같은 곳으로 갔다가 이내 안전 지대로 돌아오는 것이 아닌가….

혹시나 하는 마음에, 멀찌감치 녀석의 행로를 따라가 보기로 했다. 오거리 교차로 중에서 유일한 급경사 커브길을 가로질러 가는 녀석.

끽——

눈앞이 아찔할 만큼 위험한 상황이 있었지만, 다행히 아무런 사고도 없이 녀석은 걷고 있었다.

그리고 도착한 곳은 옥수수 나무가 사람 키만큼 자라 있고, 잡초가 무성한 공터였다.

아무것도 없는 공터. 대체 이곳을 왜 매일 들락날락 거리는 건지… 이상스런 마음에 조금 더 다가갔다. 순간 가슴이 덜컹 내려앉았다.

무성한 잡초들 사이로 보이는 것은 누군가 두고 간 세간살이였다. 분명 아무것도 없는 공터였지만 한 발짝만 가까이 가 보면 얼마 전까지 사람이 살았던 흔적이 역력한 집터였다.

화장실 자리였던 것으로 보이는 곳에는 아직 변기가 남아 있었고, 그 옆에는 이부자리며 베개가 있는 것으로 보아 분명 방이었던 것 같았다. 찌그러진 냄비와 숟가락, 그리고 거실 어디선가 쓰던 것으로 보이는 낡은 소파며 액자가 군데군데 널려 있었다.

그곳에서 녀석은 낡은 베개를 부여잡고 한참이나 신이 난 모습이었다. 베개 속에 얼굴을 파묻기도 하고, 이부자리를 걷으며 뒹굴기도 했다. 꼬리를 높이 치켜들고는 몇 번이고 살랑거리며 흔들어 대기도 했다. 안전지대에서는 한번도 본 적 없는 행복한 모습이었다.

털실로 만들어진 작은 공을 가지고 신이 난 녀석을 보면서 폐허가 된 집터가 다시 쌓아 올려지는 모습을 머릿속에 그려 본 건 지나친 상상이었을까?

방이 두 칸이 있었고 거실엔 소파가 놓여져 있었겠지.

화장실에선 아직 구식 변기를 쓰고 있었네….

이미 여러 군데 이가 빠진 사기 그릇 하나를 놓고 몇 번이고 핥고 있는 녀석, 녀석이 쓰던 밥그릇이었던 모양이군.

그리고 아까부터 이불 속에서 누군가를 찾는 듯, 이리 뒤적

저리 뒤적하는 것을 보니 누군가를 깨우고 싶어하는 듯했다. 여기에서 녀석은 누군가와 행복한 시간을 보낸 것이 분명했다.

그때 인기척이 났다. 이 동네에서 꽤나 오랫동안 고물이며 쓰레기 따위를 주워 모은다는 늙은 노부부였다.
"예서 뭘 하슈? 저 녀석 또 왔네…."
"원래 간판집이었는데 여기에 살던 사람이 몇 달 전쯤 부도가 났지. 빚쟁이한테 쫓겨 세간살이도 못 챙겨서 야반도주를 했다네. 그런 와중에 기르던 개를 누가 데리고 가겠나?"

정말로 녀석은 옛집에서 주인을 기다리고 있었다는 말인가….

한밤중에 차를 타고 떠나 버린 주인을 집 앞 도로까지 나와서 기다리고 있었다는 말인가….

벌써 몇 개월이 지났는데 왜 사정을 알고도 녀석을 돌봐 주지 않았는지 궁금했다.
"허허… 사람이고 동물이고 가슴속에는 자신이 가야 할 길을 밝혀 주는 별빛이 있다네. 등대같이 약하지만 꺼지지 않는 불빛 말이야. 저 녀석은 자기 가슴이 시키는 대로 하면서 제 갈 길을 가는 거야. 그걸 어떻게 말리누?"

어슴푸레 어둠이 내리자 다시 안전지대로 돌아온 녀석. 신이 났던 표정은 이미 온데간데 없었다. 귀를 축 내리고 고개를 쑥 빼고 앉아 있는 모습이 여전히 안쓰러웠지만 옛 정을 생각해 주인을 기다리고 있는 녀석이 기특해 보였다.

다시 돌아올 거라고 굳게 믿으며 무너진 옛 집을 지키는 건, 혹시 그냥 지나치면 어쩌나 걱정스런 마음으로 가장 잘 보이는 집 앞 도로에 나와 저토록 힘들게 기다리고 있는 건,

떠나 버린 주인과 남아 있는 저 녀석 사이에 우리가 알지 못하는 깊고 아련한 정이 있기 때문이리라.

하루가 지나면 하루를 또 잊고 살았는데….

사랑한다, 기다리라는 말을 일회용 레토르트 식품을 데우는 시간만큼도 간직하지 못했는데…

이 녀석을 만나고서는 얼마나 부끄러웠던지…

유난히 별이 빛나는 밤이었다. 저 많고 많은 별들 중에서 녀석을 비추고 있는 크고 밝은 별이 있었다. 안전지대 안에서 기다리는 저 녀석의 가슴속에 아마도 저 별이 길을 일러주고 있는 모양이었다.

사랑한다면, 보고 싶다면… 기다리라고.

그때까지 이 오거리 교차로 안전지대를 밝혀 주겠노라고….

2주가 지나고 조치원에서 다시 편지가 날아왔다.

『조치원입니다. 그 개가 많이 아픈 것 같습니다.

몸은 무척이나 말라 있고 사고가 났는지 다리를 절고 있습니다. 도와주십시오.』

큰일이었다. 녀석이 다쳤구나….

다시 조치원을 찾았다. 근처 수의사 선생님과 119 구급 대원의 도움을 받았다. 여전히 사람을 경계하는 녀석은 정말로 뒷다리 한쪽을 심하게 절고 있었다. 멀찍이 녀석을 본 수의사 선생님은 걱정스럽게 말했다.

"사고가 났나 봐요. 다리에 골절을 입은 것 같고, 피부병도 심해 보입니다"

하지만, 치료를 위한 도움의 손길이라 하여 녀석이 받아들일 리가 없었다. 낯선 사람들의 움직임을 눈치채자 이미 옛 집터의 풀숲 어딘가로 사라져 버린 녀석.

일단, 고기와 참치를 섞은 사료에 필요한 응급 치료약과 수면제를 넣었다. 크기도 워낙 작은 녀석이지만, 무엇보다 영양 상태가 부실하기 때문에 무리하게 마취총을 쏘거나 마취 주사를 놓는 것은 더욱 위험한 일이라고 판단했다. 결국, 녀석이 천천히 안전 지대 안에서 잠들어 주길 바랄 뿐이었다.

　오거리 교차로는 조치원 경찰서의 협조로 어느 정도 통제가 되고 있었다. 도로 외에 녀석이 몸을 피할 수 있는 곳에는 이미 그물망을 쳐 놓은 상태였다.

잠시 후, 녀석은 안전지대로 나와 허겁지겁 약을 탄 먹이를 먹었다. 수면제의 효과가 나타나는지 처음보다 부쩍 움직임이 둔해진 녀석… 119 구급 대원들은 천천히 포위망을 좁혀 갔다.

하나, 둘, 셋!

녀석을 향해 그물망이 던져졌다. 하지만 간발의 차로 녀석은 달려가기 시작했다. 풀숲과 화원의 경계 지대로 방향을 틀었다. 사람들은 빠르게, 하지만 조심스럽게 녀석이 달려간 곳으로 접근해 갔다.

바로 그때, 누군가 소리쳤다.

"막아! 막아! 여기다 여기!"

두려움에 떨던 녀석….

수면제 때문에 더 이상 달릴 힘도 없었는지 녀석은 화원 뒤에 쌓아 놓은 화분들 틈으로 숨어 버렸다. 달려온 사람들은 빠져나갈 틈을 모두 막고 천천히 쌓아 올려진 화분을 하나씩 들어 올렸다.

"괜찮아, 널 도와주려고 그래. 해치지 않는단다"

힘없이 사람들의 손에 들려진 녀석의 지치고 고단한 얼굴엔 눈물이 고여 있었다.

이제 끝이다. 녀석의 애처로운 기다림은 사람들의 도움의 손길을 통해 그렇게 막을 내렸다. 동물병원에서 한 달간 다리와 피부 치료를 받던 녀석에게 또 하나 좋은 일이 생겼다.

새로운 주인을 만나게 된 것!

옛 주인을 가슴에 담고 사는 녀석에게 새 주인이 반가울 리 없겠지만, 상처에는 새 살이 돋기 마련 아닌가. 얼마 동안은 새 주인에게 마음을 주지 못하고 또다시 교차로 안전지대로 돌아가려 하겠지만, 새로 시작된 다른 사랑이 녀석을 변하게 만들 것이다.

녀석의 가슴속에 있던 별도 분명 그렇게 일러줄 것이다.

"더 이상 아프지 말고, 더 이상 힘들지 말자. 새로운 사랑이 네가 기다리던 아픈 사랑을 낫게 해줄 꺼야."

2002년 8월 조치원 오거리를 지키던 의문의 개를 만나고 구출하기까지 취재 노트를 재정리한 것이다.

미당 서정주 시인의 충견

서울 관악구 남현동 예술인 마을에는 미당 서정주 시인 부부가 30여 년간 살다 떠난 집이 있다. 〈봉산산방(蓬蒜山房)〉으로도 불리는 이 집에서 미당선생은 잡종견 한 쌍을 키웠다고 한다.

2000년 겨울, 미당 선생이 병이 들어 입원 중이어서 집이 비게 되었다. 빈집에서 개가 새끼 세 마리를 낳았는데 어미의 행동이 많은 사람들의 감탄을 자아냈다. 밥을 챙겨 줄 사람이 없자 그 개가 동네 휴지통을 뒤지며 먹이를 구해서 새끼들을 먹여 살리고 있었다는 것이다. 그 이야기를 들은 미당이 무척이나 놀라고 대견하게 생각했다고 한다.

드디어 미당선생이 작고하고 제자인 윤재웅 교수(동국대 국어교육과)가 딱한 마음에 이들의 거처를 옮겨 주려고 했으나 수캐만은 웬일인지 떠나지 않으려고 했다. 도망을 쳐서 도저히 잡을 수가 없어 새끼와 어미만 데리고 갔다고 한다.

그 후 수캐가 다시 돌아와 빈집을 지키며 미당 서정주 시인을 추모하고 있단다.

우리 집의 개식구가 세 마리 있는데요
내 늙은 아내가
끼니때마다 인심을 쓰느라고
개밥을 넉넉하게 노나주니까
개 식구엔 밥찌끄러기가 언제나 남아서요
굶주린 서울의 참새떼들이
그 남긴 밥풀들을 쪼아먹노라고
나무마다 매달려서 노래하고 살아요
그래서
내 아내도 좋아라고 웃어요
        - 서정주 시인의 〈이심전심〉 -

배불뚝이 할머니의 비밀

경상남도 진주시 옥봉 중앙시장에 특별한 할머니 한 분이 눈길을 끌었다.

최근 몇 달 동안 할머니의 아랫배가 점점 불러 오는 것이었다. 차가운 겨울 바람이 뼛속까지 파고드는 12월의 추위에 팔 없는 패딩 점퍼를 입고 덜덜 떠는 모습도 이상하고, 나날이 불러 와 이제는 임신 8개월쯤 되어 보이는 배의 모습도 엽기적이었다.

시장 사람들은 물론, 손님들까지 할머니가 지나가면 눈을 떼지 못했다.

73세인 송귀례 할머니는 시장에서 청소부일을 하고 있었다. 유난히 가늘고 흰 머리에 주름이 가득한 얼굴이지만 소녀 같은 인상이 살가워 보였다.

그런 할머니가 임신을 하다니?

하지만 사람들의 이상한 눈초리와는 상관없이 송할머니는 모른 척하고 일만 했다.

“할머니. 뱃속에 뭐가 들었어요? 그 연세에 임신하셨을 리는 없는데, 가끔 배를 문지르고 이야기하시는 폼도 이상스럽고… 누가 보면 실성하셨다 그러겠어요.”

나물가게 아줌마는 송할머니의 배에서 눈을 떼지 못하고 물어보았다. 사람들이 이렇게 직접적으로 물어볼 때면 송할머니는 질겁을 하면서 어물어물 말을 돌리고 사라졌다. 일하는 모습이나 하는 말이나 정상이었기 때문에 더더욱 이해할 수가 없는 행동들이었다.

점점 청소일도 다른 동료들과 떨어져 혼자서만 했다. 무언가 말 못할 사정이 있는 듯싶었다.

“임신일 리가 없지. 아픈 거야. 병원에 모시고 가야 해.”

“혹도 자라는 것이 있다고 하던데, 뱃속에 분명 혹이 있을 거야.”

병이라면 억지로라도 할머니를 병원에 모시고 가야 하는 것이 아닐까.

“만에 하나라도 말이야, 임신한 거 아냐?”

닭집 아저씨의 말에 사람들은 '에이…' 하면서 손사래를 쳤다.

"세상에는 알 수 없는 일이 있곤 하잖아. 아 예수님도 동정녀 마리아님으로부터 태어나신 걸."

"그것은 처녀가 성령으로 잉태했다는 이야기지, 할머니가 임신을 할 수 있다? 그게 아니잖아. 말이 되는 소리를 해."

시장은 송할머니에 대한 이야기로 하루도 잠잠하지 않았다. 궁금증을 풀겠다고 멀쩡하게 잘 사시는 송할머니의 웃옷을 들쳐 볼 수도 없고, 무조건 병원에 가자고 할 수도 없는 일이었다.

"이 할망구야, 나 죽어. 궁금해서 밤잠을 못 잔다니까."

같이 일하는 김씨 할머니가 송할머니에게 사정도 모자라 협박까지 했지만, 송할머니는 고개만 절래절래 흔들었다.

"때가 되면 알게 될 건데 뭘 그리 조르나?"

그렇게만 말할 뿐, 송할머니는 더 이상 속내를 드러내지 않고 조개처럼 입을 굳게 다물고 말았다.

추운 겨울이 지나 따뜻한 봄이 오고 여름이 가까워졌다.

만약 송할머니가 진짜 임신을 했다면 출산할 때쯤이 된 것이다.

시장 사람들은 본의 아니게 할머니를 두고 내기까지 벌이기

도 했다. 시장 사람들의 괜한 관심이 높아지자 송할머니의 표정
은 점점 어두워져 갔고, 배는 더더욱 뚱뚱하게 불러 갔다.

그러던 어느 날이었다. 송할머니가 청소일을 하러 나오지 않
았다.

"거봐, 출산하러 간 거야."

"말도 안 돼."

시장 사람들은 할머니의 행방이 궁금했으나 알 길이 없었다.

3년이 넘도록 함께 일해 온 김씨 할머니에게도 집을 알려 주
지 않았기 때문에 송할머니가 나타나지 않는 이상, 비밀은 그대
로 묻혀질 판이었다.

모든 것을 녹여 버릴 듯이 내리쬐던 여름의 태양이 한풀 수그
러 들고 한들한들한 바람이 낮잠을 부르던 늦여름이었다.

닭집 아저씨가 시장을 가로지르며 부리나케 뛰어다녔다.

"송할머니가 나타났어, 송할머니가. 여기로 오고 있어요. 배
가 아직도 남산만큼 불러서 말이야."

시장 사람들이 거리로 뛰어나왔다.

저 멀리 삼베옷을 곱게 차려 입은 송할머니가 오고 있었다.
멀리서도 할머니의 부푼 배가 한눈에 들어왔다. 뒤뚱뒤뚱 무게

를 이기지 못해 걷는 폼도 예사롭지 않았다.

송할머니는 환한 웃음을 짓고 시장 사람들에게로 다가왔다.

"예끼 이 사람들아. 여기서 출산 좀 하려구 왔어."

송할머니의 배가 품고 있던 비밀이 풀리는 순간이었다.

송할머니가 자랑스럽게 웃옷을 벗자 안에 두 겹의 단단한 주머니가 나왔다.

"아이구, 이게 뭐요? 할머니가 그럼 이 개들을 임신했단 말이에요?"

여기저기서 놀라는 소리와 함께 송할머니가 차고 있던 그 주머니에서는 어미 개 한 마리와 새끼 강아지 3마리가 우르르 쏟아져 나왔다.

어미 개는 마르티스를 닮은 잡종견이었는데 찡찡대는 얼굴이 어찌나 못생기고 빈약한 모습이던지 가엽기 그지없었고, 새끼강아지 3마리는 이제 막 눈을 떴는지 꼬물꼬물 여기저기를 기어다니고 있었다.

송할머니는 1년 반 전, 사랑하던 아들을 잃었다. 남편도 없이 홀로 애지중지 기르던 자식이었는데 교통사고로 그만 하늘로 올려 보냈다.

효성스럽던 아들이 죽기 한 달 전 남기고 간 개가 바로 이 녀석이었다. '쫑이' 라고 이름까지 지어 줬었다. 어머니를 모실 수 없는 가난을 죄스러워하면서 위안 삼으시라고 주고 간 녀석이었다.

그런데 이상하게도 아들이 죽고 나서부터 쫑이가 시름시름 앓기 시작했다. 송할머니는 덜컥 걱정이 되었다. 아들도 잃었는데 아들이 주고 간 쫑이까지 보낼 수는 없었다.

밥도 못 먹고 대소변도 제대로 못 누는 녀석이 그저 걱정이었다. 병원에서도 이유를 알 수 없다고 했다.

일을 하러 나가서도 쫑이 걱정 때문에 항상 마음이 불안했다. 그렇다고 쫑이를 데리고 일을 나오면 사람들로부터 눈총받을 것이 뻔했다. 나이가 많아 제대로 일도 못하면서 개까지 데리고 다닌다면 누가 좋아할까.

어쩌다가 버스를 타도 구박이 심했다. 승객들도 눈쌀을 찌푸리기 일쑤였다.

할머니가 고민고민하다가 내린 결론이 배에다가 쫑이를 품고 다니기로 한 것이었다. 때는 마침 가을로 접어든 계절이었으니 옷을 두툼하게 입으면 가능한 일이었다. 그렇게 데리고 다니면서 먹이도 챙겨 주고 시시때때로 쫑이의 상태를 살펴볼 수 있어 근심을 덜 수 있었다. 대소변이 문제였는데 똑똑한 쫑이가 어찌 알았는지 배에 차고 있을 때는 절대 실수하는 법이 없었다. 또한 사람들이 눈치챌까 봐서 그런지 원래도 조용한 쫑이였지만 더더욱 얌전하게, 함부로 짖는 일 없이 잘 참아 주었다. 하루에 두 번, 몰래 화장실에 데려갈 때만 쫑이는 일을 봤다.

겨울이 되면서 쫑이를 데리고 다니는 일도 요령이 생겨 갔다. 녀석이 답답해할까 봐 팔이 긴 코트를 입지 못하고 숨을 쉴 수 있도록 소매가 없는 패딩 점퍼를 입었다. 춥기야 했지만 배만은 쫑이의 체온에 따뜻했다.

혼자 일해도 쫑이가 있어서 외롭지도 힘들지도 않았다.

그런데 이 녀석이 점점 커가더니 배가 불러 오는 듯했다.

사람들의 시선도 이상해졌다. 임신한 것 아니냐는 망측한 소리를 하는데 말릴 수도 없었다. 말을 하자니 쫑이를 데리고 다니지 못하게 할 것 같고, 말을 안 하자니 이상한 소리만 듣고, 송할머니는 이러지도 저러지도 못했다.

다행히 쫑이의 몸이 많이 나아져서 집에 놓고 다니려고 했지만 그것도 쉽지가 않았다. 어릴 때부터 할머니 배에서 생활해 온 녀석이니 집보다는 할머니 품이 더 편할 터였다.

"어부바"

하면 쏜살같이 할머니 배주머니로 들어가는 녀석. 때로는 안아 달라고 끙끙대기도 했다.

그러다가 쫑이가 임신할 때가 다가왔다. 송할머니는 쫑이를 결혼시키기로 했다. 쫑이가 임신을 하고 나서도 송할머니는 배에다가 쫑이를 넣고 다녔다. 겉으로 보기에는 임신한 개를 또 임신한 할머니 모습이 되고 말았다.

쫑이가 출산을 하게 되면서 할머니는 한 달간 일을 쉬었다. 몸이 무거워진 쫑이를 배에 차고 다니느라 허리가 아팠기 때문이다. 하지만 허약해서 어미 구실 못할 줄 알았던 쫑이가 건강한 새끼를 3마리나 낳자 그렇게 대견할 수가 없었다.

할머니는 그동안 자신에게 의혹의 눈길을 보냈던 시장 사람들에게 인심 좋게 쫑이의 출산기념 수수팥떡을 돌렸다.

"에구구, 그러셨구나. 우리는 또."

"난 할머니 임신하신 것에 내기를 걸었는데. 이거 망했네, 허허허."

"그러지 말구. 이제는 쫑이를 데리고 와서 우리 집 옆에서 놀게 하세요. 일하다가 가끔씩 볼 수도 있을 거예요. 배에 차고 다니느라 허리가 아프시지도 않을 거구요. 이제 함께 길러요."

시장 사람들의 넉넉한 인심에 송할머니의 얼굴이 환해졌다.

"그래도 이 녀석 때문에 내가 얼마나 든든했는데. 아들이 남기고 간 평생 친구와 항상 같이 다닐 수 있었잖는가."

아직도 할머니는 가끔씩 쫑이를 배에 차고 다니신다. 버릇이 되어서 그런지 쫑이가 떨어지지 않으려고 하기 때문이라고 했다. 쫑이의 새끼들은 엄마가 송할머니의 배에 안겨 있으면 할머

니 뒤를 따라 종종걸음을 치며 부러운 눈초리로 쳐다볼 수밖에
없다.

이젠 더 이상 임신했다는 의심도 받지 않고, 송할머니는 배에
다가 쫑이를 품은 채, 행복하고 건강하게 여생을 누리고 계신다.

시인 바이런의 애견 찬가

시인 바이런은 유난히 개를 좋아했다고 한다.

바이런이 캠브리지 대학을 다닐 때 학교는 영국의 명문 대학답게 개의 출입을 금지시키고 있었다. 그는 거기에 반발해서 대신 길들인 곰을 데리고 다니며 항의를 할 만큼, 개를 사랑했다.

반항적이면서도 낭만적인 대문호 바이런의 기질을 잘 말해 주는 이 이야기의 주인공 개는 바우슨(Boatswain 갑판장). 바이런은 1809년에 영국을 떠나 2년에 걸친 외국 여행길을 떠났는데, 그가 돌아오기 전해에 바우슨이 죽었다.

여행에서 돌아온 바이런은 바우슨의 무덤을 크게 만들고, 묘비명에 다음과 같이 기록했다.

이 장소 가까이에
안치되어 있도다,
허영심 없이 미를
거만함 없이 힘을
잔인함 없이 용기를
그 악행 없이 인간의 모든 미덕을
갖추었던 존재의 유해가.
인간의 유해에 대한 것이라면
의미 없는 아부에 지나지 않았을 이 찬양은
개 바우슨의 추억에 대한 정당한 찬사이나니,
그는 뉴펀들랜드에서 1803년 5월 태어났고
뉴스테드에서 1808년 11월 18일 죽었도다.

행운을 몰고 온 쪼리

그 무덤에는 겨울이 오지 않는다.

사시사철 꽃이 지지 않고 향기가 사라지지 않는 무덤. 봉분이 없고 평평하여 무덤 같지 않다. 다만 조그만 꽃화분들이 빙 둘러 테두리를 장식하고 있으며, 다시 그 안에 꽃으로 만들어진 하트가 놓여져 있다. 다른 무덤들 사이에 있기 때문에 그나마 무덤이라고 생각될 수 있을 뿐이다.

경상북도 포항시 남구 대잠동. 공동묘지에 있는 무덤 같지 않은 이 무덤에는 한 여자가 매일 거르지 않고 찾아온다. 해가 뜰 때와 질 때를 맞추어 나타나 몇 시간 동안 두런두런 무덤을 향해 이야기하거나 때로는 울기도 한다. 근처를 지나갈 때면 무덤에 웅크리고 앉아 있는 모양이 괴기스러워 보이기까지 한다.

그녀는 50대 중반을 넘어선 서인숙씨. 요즘 들어 지난 13년간의 세월이 더욱 자주 떠오르고는 한단다. 자신의 인생 중 가장 행복했던 그 시절.

그녀는 평생 일만 해왔다. 열심히 일만 했었다. 그래도 웬일인지 돈은 모이지 않았다. 가난은 평생 그녀를 놓아 주지 않을 듯싶었다. 결혼도 하지 않고 일만 열심히 하며 살았건만 하늘이 원망스러울 지경이었다.

13년 전인 1990년, 포항 어느 모텔의 청소부였던 그녀는 그날도 계단을 닦고 있었다. 며칠째 계속된 감기몸살로 몸과 마음이 온통 만신창이인 채 정상이 아니었다. 바닥의 먼지를 닦아 내는 대걸레가 왔다갔다할 때마다 정신도 오락가락하는 듯싶었다. 문득 서러웠다고 했다.

"그 자리에 그냥 주저앉아서 울고 말았죠. 갑자기 너무 서러웠던 거에요. 그때 주인집 개인 '쪼리' 가 다가왔어요. 놀랐죠. 저는 개라면 아주 싫어하거든요. 예전에 개한테 물린 기억이 있어서."

그런데 이상하게도 쪼리가 다가와서 꼬리를 살랑살랑 흔들면서 자신을 바라보는 눈이 그렇게 다정하고 위로가 될 수 없었

다고 했다. 길고 보드라운 흰 털을 가진 요크셔테리어인 쪼리
는, 유난히 검고 큰 눈동자가 예뻤다. 5살이 된 녀석이었는데 태
도가 의젓하고 행동이 나긋나긋 여유로운 모습이었다.

그때부터 그녀는 쪼리와 친구가 되었다. 힘들 때면 어찌 알았
는지 다가와 코를 들이밀고 노는 모습이 외로운 인숙씨에게는
너무나 큰 위로였고, 밖으로 시장 심부름이라도 나가려고 하면
냉큼 따라나서는 모습이 친여동생처럼 다정했다.

세상살이가 힘들기만 했던 인숙씨에게는 유일한 동무였던
셈이다 .

그러던 어느 날 인숙씨가 그 모텔을 그만두게 되었다. 누구보
다도 쪼리와 헤어지는 것이 가슴 아팠지만 주인집의 개니까 어
쩔 수 없었다. 다른 곳으로 일자리를 얻어 갔던 인숙씨는 며칠
뒤 전화를 받았다. 전에 일하던 모텔 주인이었다.

급하게 와 달라고 해서 가 보았더니, 모텔 주인이 인숙씨의
품에 쪼리를 안겨 주었다.

"인숙씨가 가고 나서 이 녀석이 3일 동안을 문만 보고 울더라
구. 아무것도 먹지도 않고 자지도 않고 말이지. 내가 생각하기
에는 인숙씨를 그리워해서 그런 것 같아."

그렇지 않아도 내내 눈에 밟히던 쪼리였는데 싶어, 인숙씨는

사람으로 치면 80세 이상의 장수를 누리다 간 쪼리의 귀여웠던 모습.

무척 반가운 마음이 들었다.

"그리고 말야, 인숙씨. 이 쪼리가 복덩이라구. 그래서 더욱 인숙씨가 키웠으면 하는 거야. 나도 5년 전에는 아주 힘들었는데 요놈을 기르고 나서부터 형편이 아주 좋아졌거든. 이 녀석과 함께 살면 불행 끝 행복 시작이라구."

주인은 그러면서 인숙씨의 등을 톡톡 두드려 주었다.

정말이었다. 인숙씨는 쪼리를 데려오고부터 이상하리만큼 세상일이 잘 풀리더라고 했다.

모텔의 청소부를 그만두고 자그마하게 시작한 분식점에는

문턱이 닳아질 정도로 손님이 밀려들었다. 분식점을 해서 번 돈으로 작은 집을 샀는데 갑자기 천정부지로 값이 뛰었다.

땅을 사 놓았더니, 무슨 건물이 들어선다며 땅값도 덩달아 올랐다. 비슷한 일이 연이어 생겨났다. 신기한 일이었다. 평생 불행했던 한 여자의 삶에 하늘이 행운을 폭포수처럼 쏟아부어 주는 것 같았다.

그로부터 10년 동안 인숙씨는 더 바랄 수 없을 만큼 돈을 벌었다. 그때처럼 살맛이 새록새록 했던 때도 없었다.

쪼리를 키우기 시작한지 11년 만에 인숙씨는 모텔의 소유주까지 되었다. 포항 시외버스 터미널 뒤편 〈쉼모텔〉이 그녀가 운영하는 곳이다. 거짓말 같지만 쪼리가 행운을 몰고 오는 것이 틀림없다고 인숙씨는 믿었다.

그러니 쪼리에 대한 인숙씨의 사랑은 더할 나위 없이 애틋하고 각별했다.

그러던 어느 날이었다. 쪼리가 잠깐 밖에 나갔다고 생각했는데 없어지고 말았다.

사람들 말에 의하면 누군가 밖에 나온 쪼리를 덥석 안고 가 버렸다는 것이다. 인숙씨는 정신없이 쪼리를 찾아 헤매었지만 쪼리는 어디에도 없었다.

그렇다고 쪼리를 포기할 수는 없었다. 인숙씨는 무려 4개월 반 동안이나 전단지를 돌리며 쪼리를 애타게 찾았다. 주위 사람들은 80만원의 현상금까지 걸고 쪼리를 찾아 헤매는 그녀를 이해할 수 없었지만 인숙씨에게 쪼리는 애완견 그 이상이었다. 어두운 삶에서 희망을 알게 해준 존재였고 함께 살아온 인생의 동반자이기도 했다. 그런 쪼리였기에 돈보다 훨씬 소중하고 가치 있는 존재였다.

일을 팽개쳐 두고 쪼리를 찾아 다닌지 6개월 동안, 여기저기서 참 많은 쪼리를 데리고 왔다. 요크셔테리어와 푸들이 많았는

쪼리 덕분에 인숙씨의 식구가 된 떠돌이 개들은 20마리가 넘었다.

데 다들 길거리에 떠도는 개들이었다. 하지만 쪼리를 찾을 수는 없었다. 떠돌이 개들은 또 다른 문제를 만들었다. 인숙씨가 찾던 쪼리가 아니라고 하자, 많은 개들이 갈 데가 없어진 것이었다. 또다시 거리를 헤매게 될 처지였다.

인숙씨는 할 수 없이 그 떠돌이 개들을 모두 집으로 데리고 와서 목욕을 시키고 상처를 돌보아 주었다.

얼마 뒤, 인숙씨는 파출소의 전갈을 받았다. 쪼리인 듯한 요크셔테리어를 한 마리 데리고 있다는 것이었다. 두근거리는 가슴을 진정시키며 찾아간 곳에서 인숙씨는 마침내 쪼리를 만날 수 있었다.

거리에서 헤매고 있는 것을 발견하여 데리고 왔다는데, 그동안 어떤 고생을 겪었는지 무척 야위고 여러 군데 상처를 입었으며 끔찍히도 말라 있었다.

인숙씨는 서둘러 쪼리를 데리고 집으로 돌아왔다. 이미 나이가 17살인 쪼리, 사람으로 치면 80세에 가까운 노인이었다. 그런 녀석이 어디에서 무슨 고생을 했길래 이렇듯 몸을 가누지 못하는 것일까. 인숙씨의 마음은 점점 타 들어갔다.

쪼리를 찾는 동안, 인숙씨가 떠맡게 된 떠돌이개만도 족히 20마리가 넘어섰다. 다들 버림을 받거나 길을 잃은 아픔이 남은 탓인지 서로 쉽게 어울리지 못했다. 때로는 문 앞까지 와서 애완견들을 떠맡기고 가는 사람들도 있었다. 사정이야 어떻든 그런 강아지들을 내몰지 못해서, 모두 인연이라 생각하며 맡아 키우게 되었다.

병이 든 쪼리가 괴롭힘을 당하지 않도록 한쪽에 따로 자리를 만들어 놓고, 나머지 개들을 돌봤다. 젊은 시절 잠깐 간호사를 했던 경험으로 직접 주사까지 놓아 주며 한마리 한마리 정성스럽게 목욕을 시켜 주었다.

제각각 이름도 지어 주었다. 못생겨서 버림받은 못난이, 세 발밖에 없는 세발이, 얌전한 순자, 항상 심술만 부리는 뚱이, 구석에만 틀어박혀 있는 우울한 구석이… 등등

불행했기에 인숙씨의 손이 더 애타게 필요한 녀석들이었다. 모텔을 돌볼 시간조차 모자랄 만큼 고된 일이었지만 인숙씨는 손을 놓을 수 없었다.

그런 인숙씨의 마음을 아는 것일까. 쪼리는 상처 많은 다른 개들을 일일이 핥아 주고 보듬어 주었다. 마음 넉넉한 할머니처럼.

그리고 일년 뒤, 쪼리는 노환으로 죽었다. 언제나처럼 의젓하고 조용하게 다소곳이 눈을 감았다. 아침에 쪼리가 죽어 있는 것을 보면서 인숙씨는 쏟아지는 눈물을 참을 수가 없었다. 주변

에는 세발이, 구석이, 순자… 등 20여 마리의 개들이 둘러싸고
있었다.

　며칠 뒤 인숙씨는 뒷산 공동묘지의 햇볕 좋은 언덕 한켠을 사
서 쪼리를 묻어 주었다. 사람처럼 유난스럽게 봉분을 크게 만드
는 것은 쪼리한테도 부담스러울 것 같아서 자그마하게 만들었
다. 언뜻 보면 너무 작아서 무덤이 아닌 것 같았다. 유난히 꽃을
좋아했던 쪼리를 위해 주변을 꽃화분으로 둘러쌌다.
　"남들은 나보고 너무 유별나다고 할지 모르지만 내 삶을 안

언제나 꽃이 시들지 않는 쪼리의 무덤.

다면 그런 소리를 못할 거에요. 지금도 마음이 외롭고 힘들 때는 여기 와서 한참 동안 쪼리한테 하소연도 하고 울곤 한답니다. 그러면 아주 편안해져요."

인숙씨는 오늘도 쪼리를 따랐던 세발이와 순자를 데리고 쪼리를 보러 간다.

"쪼리야. 잘 있었니? 오늘은 무척 날씨가 좋구나. 얼마 전에 몽실이랑 말썽이가 결혼을 했어. 아기를 가졌다는구나. 몇 달만 지나면 귀여운 강아지들이 생길 것 같아. 그때가 되면 여기 쪼리 할머니에게 인사시키러 데리고 올 게."

멀리 수평선 너머로 해가 지고 있다. 붉은 노을이 인숙씨의 뺨을 붉게 물들여 간다. 인숙씨는 또다시 쪼리와의 추억을 떠올리는 듯하다. 해는 자신의 모습을 완전히 감추기 전, 인숙씨의 외롭고 슬픈 마음을 다시 한 번 어루만지고 쪼리의 무덤을 따뜻하게 비추고 있다.

세상에서 가장 오래 산 개

　　문헌상에 나타난 기록을 보면 호주 빅토리아주의 로체스터시에 살았던 〈브루이〉란 소몰이 개가 무려 29년 5개월(1952-1980년)이나 주인 곁에 머물며 세계 최장수를 기록했다.

　　영국 웨스트미드랜시의 콜리 〈타피〉는 27년 10개월(1952-1980년), 미국 뉴욕시 흑갈색 비글인 〈진저 베이비〉도 26년 11개월 (1949-1976년)씩 생존해 개 장수 부문 기네스북에 올랐다. 이들 장수견들은 사람 나이로 치면 1백 살 이상씩의 천수를 누린 셈이다.

　　노화 속도로 파악하여 산출한 개와 사람의 나이 비교는 여러 가지 학설이 있지만 대체로 개의 1년은 사람의 7년에 해당된다고 한다.

　　따라서 보통 개들의 정상적인 수명은 8~15년 정도.

　　최근에는 개 예방 주사와 건강 관리 등 현대 수의학이 발달해 개의 수명도 길어지는 추세다. 조로를 방지하려면 개 연령에 맞는 사료 선택과 평소 적당한 운동 예방 접종 등 건강 관리가 최선이다. 1년 이상 된 성견에게 고영양가, 고칼로리의 강아지 사료를 주는 등의 과보호는 조로 현상을 재촉하는 지름길이다. 큰 개보다는 작은 개가 오래 산다는 것이 일반적인 주장이다.

아둥이

벌써 몇 시간째, 조그만 강아지 아둥이는 차가운 겨울비를 맞으며 길거리에서 오도가도 못하고 헤매고 있었다.

유난히 더부룩한 털은 빗물이 젖어 들어 처량하게 보였고, 좀 전에 지나간 차에서 튀긴 흙탕물에 얼룩덜룩 더러워지고 말았다. 조심스럽게 앞으로 한 발을 내딛는 순간, 앞에 있던 돌에 얼굴이 부딪히면서 뒤로 굴러 버렸다. 버둥거리던 아둥이는 겨우 몸을 세워 일어났다.

아둥이는 고개를 폭 수그리고 체념을 하듯 가만히 있었다. 머리를 치켜들자, 빗물이 얼굴을 향해 쏟아졌다. 마르티스 피가

눈이 있어야 할 자리엔 흔적만이
남아 있는 아둥이

섞인 잡종견 아둥이의 눈이 있어야 할 자리에 아무런 형체가 보이지 않았다.

아둥이는 태어날 때부터 눈이 없었던 것이다.

집에 돌아갈 수도 없었다. 같은 집에 살고 있는 다른 개들은 앞을 보지 못하는 아둥이가 머뭇거리면 짓밟고 넘어뜨리기 일쑤였다. 먹이통을 찾지 못해, 밥그릇을 놓고도 그 앞에서 한참이나 맴돌기만 하는 아둥이를 치고 달려드는 친구 녀석들. 아둥이는 그 개들의 틈에서 짓눌리고 밀려나서 넘어졌다.

엄마인 잭슨부인은 그런 아둥이가 귀찮았는지 처음부터 거들떠보지도 않았다. 아둥이가 이 집에서 살기란 힘들 것 같았다. 친구 강아지들의 등쌀에 떠밀려 도망을 친다는 것이 어쩌다 보니 집 밖으로 나오게 된 모양인데 방향조차 가누지를 못했다.

아둥이가 앞을 볼 수 없다는 것을 안 것은 태어난 지 보름이나 지나서였다.

2002년 10월의 어느 날 늦은 밤, 대전시 서구 원정동에 있는 〈태평가든〉이라는 식당에서 잡종견의 출산이 있었다. 온몸이 검은 털로 뒤덮여 미국의 팝가수 마이클 잭슨을 닮았다고 해서 붙여진 이름의 〈잭슨부인〉이 강아지 두 마리를 낳았던 것이다. 어미와는 전혀 다르게 하얀 털이 똑같이 보글보글한 탐스러운 강아지들.

처음에는 작은 강아지가 다른 강아지보다 눈 뜨는 것이 늦으려니 했었는데 그것이 아니었다. 어미의 젖을 먹을 때에도 주변을 뱅글뱅글 맴돌고 자주 몸을 뒤집고는 했었다. 아직 몸을 가누지 못해서려니 생각했었다. 다른 녀석보다 몸에 살이 오르는 속도도 더뎠다. 언니 강아지는 어느새 살이 포동포동 올랐는데 작은 강아지는 웬일인지 먹지를 못했다.

이상한 마음이 들어 주인인 임금자(58살)씨는 작은 개를 들어 올려 본 후, 너무 놀라 뒤로 넘어지고 말았다.

"눈이 있어야 할 곳이 그냥 털로 가득 차 있는 거에요. 그래서 에미 젖도 먹지 못했나 봐. 찾지를 못하니까."

식당을 하고 있었던 임금자씨는 그런 작은 개가 마냥 불쌍했다. 아등바등하며 혼자서 고생하는 녀석이 안쓰러워 이름도 '아등이'라고 지어 주고 우유를 타서 주사기로 억지로 먹였다. 그래도 녀석은 살이 붙지 않았다.

밥을 따로 챙겨 줘도 아둥이가 그릇에 입을 대기도 전에 다른 개들이 아둥이를 마구 짓밟고 지나갔고, 잭슨부인마저 아둔해 보이는 녀석에게 젖을 물리려고 노력하지 않았다. 어미의 젖꼭지를 찾아 한참을 헤매다가 결국은 지쳐서 한쪽에 나둥그라져 있는 녀석을 모른 체하고만 있었다. 스트레스를 받아서 살이 찌지 않는 것 같았다. 하루 종일 고개를 숙이고 있는 모습이 애처롭기만 했다.

"안쓰러워서 쓰다듬으려고 손만 대도 아둥이가 '끙끙' 소리를 내는 거에요. 꼭 우는 것 같더라구, 서러워서 그런지."

아둥이를 그냥 두었다가는 굶거나 스트레스로 말라 죽을 것만 같았다.

결국 임금자씨는 식당에 온 손님에게 아둥이를 떠나 보내기로 했다.

하지만 아둥이의 새 삶도 쉽지만은 않았다. 새로운 주인 아줌마와 딸은 아둥이가 가여워 더욱 살뜰하게 돌봐 줬지만 주인 아저씨는 펄쩍펄쩍 뛰었다. 저렇게 정상적이지 못한 개를 집안에 둘 수 없다는 것이었다. 새집에 입양된 지 일주일 만에, 아둥이는 결국 식당으로 돌아오고 말았다. 아둥이는 눈을 뜨고 볼 수 없을 정도로 기가 죽어 있었다. 다시 한 번 버림받은 상처가 생후 2달도 안 된 녀석에게는 무척이나 버거울 터였다.

구석으로 들어가 하루 종일 울지도 못하고 가만히 고개만 파묻고 있었다. 먹으려는 노력도 전혀 하지 않아서, 주사기로 우유를 넣어 주면 겨우 조금씩 넘길 정도였다. 어느새 아둥이는 언니 강아지의 반밖에 되지 않을 정도로 애처롭게 말라 있었다.

그리고 며칠 뒤, 아둥이가 없어졌다. 구깃구깃해진 아둥이의 초라한 빈자리, 조금 열려진 방문 밖으로는 부슬부슬 비가 내리고 있었다. 도대체 언제부터 아둥이가 없어진 것일까. 허약하고 눈도 보이지 않아 문턱도 넘지 못하는 녀석이 어디로 간 것일까. 이 추운 겨울에 어디 가서 얼어 죽지나 않았을까. 임금자씨는 마당 구석구석을 찾아보았으나 아둥이를 찾을 수가 없었다.

기가 많이 죽어서일까 짖지도 못하는 아둥이. 아무리 불러도 짖지 않을 것이 뻔하기 때문에 찾기는 더욱 힘들었다. 잭슨부인이 무슨 일인가 하고 주인의 뒤를 졸졸 따라왔다. 임금자씨는 괜히 화가 나서 잭슨부인의 머리를 쿵하고 쥐어박았다.

"이 녀석아. 네 자식이 어디 가서 헤매는 줄도 모르고 천하태평이구나. 자식을 홀대하면 못써."

임금자씨의 호통에 잭슨부인은 돌아서더니 멀리 도망이라도 치듯 가 버렸다. 병약한 새끼는 큰일을 당했을지도 모르는데 어

미가 어떻게 저토록 태평할 수 있을까? 한숨이 절로 나왔다. 아
둥이를 찾다 보니 어느넛 저녁 식사 시간이 되었다. 임금자씨는
식당일을 하러 들어가야만 했다. 아둥이를 찾지도 못하고 들어
가야 하다니, 떨어지지 않는 발길을 돌려 식당으로 향했다.

저녁 8시쯤 되었을까. 임금자씨가 손님을 배웅하려고 밖으
로 나왔을 때였다. 자신의 눈을 의심하지 않을 수가 없었다.
저 멀리서 잭슨부인이 하얀 털뭉치 같은 것을 물고 오는 것이
아닌가. 잭슨부인은 그 하얀 털뭉치를 물고는 집 안으로 쏙 들어
가 버렸다. 임금자씨는 얼른 그 뒤를 따라갔다.
잭슨부인은 방안 구석으로 데리고 가더니 하얀 털뭉치를 정
성껏 핥기 시작했다. 차츰 더러운 흙탕물과 비에 젖어 뭉쳐진 털
이 고르게 자리잡기 시작했다.
그것은 아둥이였다.
잭슨부인은 아둥이를 정성스럽고 다정하게 품어 주었다. 아
둥이가 버둥거렸다. 아마도 젖을 물려고 하는 것 같아 보였다.
그래도 잭슨 부인은 젖꼭지를 아둥이의 입에 대 주지 않았다.
꼬물꼬물 엄마의 젖을 찾는 아둥이가 안타까워 임금자씨라
도 가서 찾게 해주고 싶었지만 잭슨부인의 눈빛과 태도는 단호
해 보였다.

엄마 잭슨 부인과 아둥이. 아둥이가 마르티스 아빠를 닮아 너무 다른 모습의 모녀지간이다.

아둥이는 힘들게 주변을 쿵쿵거리고 넘어지면서 1시간이나 씨름을 한 뒤에야 젖을 찾아 물었다. 그제서야 잭슨부인은 아둥이가 먹기 편하도록 몸을 옆으로 돌린 후 편안하게 눈을 감았다. 이미 젖이 말라가는 때였지만 아둥이는 열심히 엄마의 젖을 빨았다.

"아마도 잭슨부인은 아둥이 스스로가 이겨 내기를 바랐던 것 같아요. 왜 그렇다잖우? 사자도 자기 새끼를 절벽에서 떨어뜨린다구."

유난히 햇빛과 꽃을 좋아하는 아둥이.

그제서야 임금자씨의 눈에 잭슨부인과 아둥이의 사랑이 세세하게 들어오기 시작했다.

잭슨부인은 다른 개가 아둥이를 밟고 지나가면 앞에서는 가만 있다가도 나머지들을 구석으로 몰고 가서 으르렁거리며 혼내 주었다.

아둥이가 먹이통을 찾지 못하는 것 같으면 물어서 앞에다 놓아 주고는 아무 일도 없었다는 듯이 가 버리는 잭슨 부인. 그리고는 아둥이가 밥을 다 먹을 때까지 멀리서 조용히 지켜보곤 한다. 아둥이가 길을 잃고 헤매느라 머리를 부딪치고 있으면 뒤로 와서 엉덩이를 툭툭치며 앞길을 열어 주었다.

식당 손님들이 뼈다귀를 던져 주면 그것을 물고 마당의 화단에 가서 뼈다귀를 입에 넣고 잘게잘게 부쉈다. 그리고는 달려나와 정신없이 아둥이를 찾아서 목덜미를 덥석 문 뒤, 화단의 비밀 장소로 데리고 갔다. 아둥이가 그것을 다 먹을 때까지 다른 녀석들이 오지 못하도록 막고 있었다.

잭슨 부인의 모성애는 드러나지 않는 것이기에 더욱 깊고 극진한 것이었다.

그런 어미의 손길과 아둥이의 노력 때문이었을까? 아둥이의 몸에도 살이 붙기 시작했다.

밖에서 키우는 개들인데도 아둥이만은 눈, 비를 맞지 않았다. 비가 올라치면 잭슨부인은 아둥이를 물고 처마 밑으로 가서 비를 피하게 해주었고, 그것도 안 되면 아둥이 위에 우산처럼 버티고 서서 비나 눈을 막아 주었다.

함박눈이 펑펑 내릴 때, 잭슨부인이 아둥이를 감싸고 눈사람처럼 변할 때까지 그대로 서 있던 모습이, 그 밑에서 아둥이가 눈 하나 맞지 않고 아늑하게 있던 모습이, 식당을 찾은 사람들에게는 결코 잊혀지지 않는 광경이었다.

"장애라는 건 사람이나 동물이나 다 서러운 거죠. 하지만 잭슨이랑 아둥이를 보면 사랑이 장애를 뛰어넘을 수 있다는 것을 여실히 보여 주는 것 같더라구요. 사람도 장애인하고 살기 어려워하는데 이 녀석들 보면 그렇게 힘들지만은 않겠구나 싶어요."

임금자씨는 잭슨부인과 아둥이의 사랑을 오래도록 지켜 주고 싶다고 했다.

지금도 아둥이는 엄마 잭슨부인과 다정하게 잘 살고 있다. 이제 아둥이는 우울함을 떨치고 장난꾸러기가 되어서 애교도 피우고 누구보다도 활달하게 커 나가고 있다.

하지만 눈을 고치기는 어렵다는 병원측의 검사가 나왔다. 〈소안구증〉이라는 장애는 눈이 너무 작거나 얼굴 안으로 깊숙이 들어가 있어 보이지 않게 되는 경우란다. 웬만하면 수술로 앞을 볼 수도 있다고 했는데 아둥이는 소안구증이 심하여 수술을 해도 사물을 볼 수는 없을 것이라고 했다.

뒤늦게 찾은 엄마 잭슨부인의 사랑으로 아둥이는 행복한 나날을 보내고 있다니 그나마 다행이다.

어쩌면 아둥이에게 필요한 빛은 엄마 잭슨부인의 사랑이 아니었을까.

대통령_과 애견

루스벨트 미국 대통령과 애견 〈팔라〉

　팔라는 대통령의 애견, 퍼스트 펫 중에서 가장 유명하며 미국 국민으로부터 가장 많은 사랑을 받았던 개이다. 사람들은 스코티시 테리어인 팔라가 그려진 배낭과 머그컵을 만들어 냈을 정도였다.

　루스벨트 대통령은 팔라를 단 한순간도 자신에게서 떼어 놓지 못할 정도로 사랑했다고 하는데, 1945년 루스벨트가 서거하자 장례식에서 대통령을 기리는 듯, 무덤 주위를 한바퀴 돈 팔라의 행동이 많은 사람들의 입에 회자되고 있다. 루스벨트 대통령 동상 옆에 팔라의 동상이 나란히 세워져있다.

독일의 재상 비스마르크와 그레이트 데인

　철의 재상, 비스마르크. 그는 모든 교섭장소에 그레이트 데인을 데리고 다니면서 상대를 위협하는데 이용했다고 한다. 자신의 정책을 추진한다는 상징적 의미로 데리고 다녔는데 그만큼 개에 대한 사랑도 지극했다고 알려진다.

클린턴 미국 대통령과 버디

　래브라도종 사냥견인 애견 버디는 상원선거로 바쁜 힐러리 대신 클린턴이 겪던 독수공방의 외로움을 달래 준 애견으로 유명하다. "힐러리가 없을 때는 버디와 같이 잠을 잔다"고 자랑했을 정도.

　클린턴 대통령은 "워싱턴에서 친구를 원하면 개를 기르라"는 해리 트루먼 전 대통령의 충고에 따라 버디를 기르기 시작한 것이라고. 특히 버디가 교통사고로 사망했을 때는 많은 상심을 했다. 당시는 스캔들이 터져 고생했을 때였는데, 클린턴의 버디에 대한 사랑과 눈물이 언론에 공개되자 한순간에 그에 대한 여론이 좋아졌다고 한다.

조지 워싱턴과 아메리칸 폭스 하운드

미국 초대 대통령인 조지 워싱턴은 3마리의 개를 길렀다고 하는데, 스태그 하운드와 버지니아 하운드의 교잡을 통해서 탄생시킨 아메리칸 폭스 하운드의 아버지로도 불린다.

엘리자베스 2세 여왕과 웰시 코기

영국 '퍼스트 독'의 대표적인 견종이 웰시 코기이다. 영국 왕실에서 60년 이상 사랑을 받고 있는데 엘리자베스 2세 여왕도 현재 3마리나 기르고 있다고. 엘리자베스 여왕은 웰시 코기를 18세 생일에 처음 선물로 받았는데 부친인 조지 4세도 코기를 길렀고 더 거슬러 오르면 12세기 리처드 1세 때부터 왕실의 대표 애견으로 사랑받아 왔다고 전해진다.

DJ의 애견 나리

김대중 전대통령은 청와대에서 나리와 똘똘이, 처용 이렇게 진돗개 3마리를 길렀다. 재임당시 나리와 처용의 사이에서 새끼 3마리가 태어나는 경사도 누렸다. 2000년에는 북한 김정일 국방위원장으로부터 풍산개 한쌍인 〈우리(수컷)〉와 〈두리(암컷)〉를 선물받기도 했다.

지금은 나리와 처용을 노무현 대통령 내외에게 부탁했는데 권양숙 여사는 나리와 처용말고도 삽살개인 〈수호(수컷)〉와 〈천사(암컷)〉까지 함께 기르고 있다고.

이 외에도 우리나라 역대 대통령들은 종종 애완견을 키웠다. 이승만 전대통령 부부는 페키니즈 같은 실내 애완견을 키웠고, 박정희 전대통령은 진돗개 〈백구〉를 자식처럼 여겼다. 전두환 전대통령은 세인트버나드같이 덩치 큰 개를 선호했다.

떠돌이 백구와 누렁이의 우정

전라북도 전주시에서 20년째 환경미화원 일을 해온 예순두
살의 김완봉 할아버지는 신기한 일을 겪고 있었다. 2000년부터
의 일이었으니 벌써 2년 이상 지난 일이다.

여느 때처럼 새벽 청소일을 위해서 길을 나서는데, 골목 저편
에서 두 마리의 개가 자신을 졸졸 따라오는 것이 아닌가. 처음에
는 그냥 떠돌이 개인가 보다 하고 지나치려 했지만 웬일일까?
두 마리의 개는 하루 종일 자신의 곁을 떠나지 않았다. 더욱 희
한한 일은 다음 날이 되고 또 그 다음 날이 되어도 새벽부터 일
이 끝나는 오후 5시까지 개들이 할아버지의 곁을 떠나지 않더라

는 것이다.

“거참. 이상한 일이었죠. 두 녀석이 마치 나를 호위하듯 옆에서 떠나지 않고 있는 거에요. 따라다니면서 음식물 찌꺼기가 있으면 먹기도 하고 주변에 술 취한 사람들이나 험상궂게 생긴 사람들이라도 오면 짖어서 쫓아 주기까지 했답니다.”

두 마리의 떠돌이는 서로를 의지하면서 다니는 친구 사이로 보였다. 정처없이 떠돌다가 아마도 할아버지를 따라다니며 남들이 버린 음식을 먹으려는 듯했다. 할아버지는 그런 개들이 안쓰럽고 불쌍했다.

집을 나설 때 자신의 도시락 외에도 하나를 더 챙겨 오기 시작했다. 얼마나 오랫동안 떠돌아다녔는지 모르겠지만 그동안 배를 많이 곯았을 터였다. 녀석들을 위해 족발이나 생선을 따로 가져오기도 했다.

이름도 생김새에 따라 ‘누렁이’ 와 ‘백구’ 라고 지어 주었다.

백구는 진돗개를 닮았다. 짧은 흰털에 착하게 생긴 이목구비가 믿음직스러웠는데 눈빛이 유난스레 사람을 경계하는 듯했다. 누렁이는 몸집이 작고 짧은 털이 많이 나 있었다. 덜렁대는 폼하며 왔다갔다 주변을 둘러보는 모습이 조금은 허풍스럽지만 의리 또한 넘치는 사내의 모습이었다.

할아버지의 마음이 고마워서일까, 누렁이와 백구는 할아버지의 곁을 지켜 주면서 새벽 청소길의 다정한 동반자가 되었다.

"그렇게 얼마가 지났을까? 나를 무척 따랐지만 열 발자국 정도는 항상 떨어져 다니거든. 사람을 경계하는 버릇이 남아서 그런가 봐. 그래서 자세히 보지는 못했는데 나중에서야 두 놈 사이가 이상하다는 것을 알게 됐지."

몇 가지 알 수 없는 행동들을 했지만, 눈도 침침한데다가 할아버지에게서 일정한 거리를 떨어져 다니는 녀석들이라 자세히는 볼 수 없었는데, 하루에도 몇 번씩 작은 녀석인 누렁이가 백구의 목을 핥아 주고 있더라는 것이다. 그럴 때는 조심성 많은 백구도 자신의 목을 쭉 빼고 누렁이에게 맡겨 놓고 있었다.

도대체 저 행동이 뭐란 말인가? 언뜻 보기에는 두 녀석 모두 수컷인데 애정표현은 아닐 터이고… 참으로 이상도 하다고 할아버지는 생각했었다.

혹시 백구의 목이 어떻게 된 것은 아닐까. 할아버지는 궁금했지만 녀석들이 가까이 오려 하지 않았기 때문에 어쩔 수가 없었다.

그러던 어느 날, 그날도 먹이를 주고 멀찍이 물러나자 누렁이와 백구가 한참을 주변을 경계하고는 뼈를 갉아먹고 있었다. 녀석들이 한참 먹이에 정신이 팔려 있을 때 가까이 다가간 할아버지.

아!

그제서야 백구와 누렁이의 비밀을 알 수 있게 되었다.

백구의 목은 철사로 조여져 뼈가 드러날 정도로 벌건 살이 찢겨져 있었고 진물과 고름이 흐르고 있었다. 자신도 모르게 상처에 손을 뻗던 할아버지는 백구가 흠칫 놀라 도망쳐 버리자 더욱 안타까웠다.

누군가 백구를 잡아가려고 올무를 씌웠을 것이다. 죽음을 알아차리고 올무를 끊은 채 도망쳤을 백구, 올무가 점점 조여 오면서 목의 상태가 그렇게 됐을 것이다. 그렇다면 꽤 오랜 기간 그렇게 처참한 상처를 안은 채 목숨을 지탱해 왔을 것이다.

사람한테서 받은 상처 때문에 자신을 따르면서도 가까운 곁으로는 절대 다가오지 못하게 했던 것이로구나… 비로소 할아버지는 백구를 이해할 수 있었다.

그런데 왜 누렁이는 끊임없이 백구의 목을 핥았을까. 아마도 고름과 진물을 빨아 내려 했었나 보다. 그랬기에 덧나지 않고 백구가 지금껏 살아올 수 있었을 것이고, 누렁이는 그렇게 백구의 생명을 지켜 주고 있었던 것이다. 할아버지는 녀석들의 애틋한 마음씨에 가슴이 벅차올라 한동안 말없이 백구와 누렁이를 바라보았다. 그렇게 할아버지는 녀석들의 헌신적인 우정을 깨닫고는 고단했던 시름을 잊고 마음이 흐뭇해질 수 있었다.

덩치만 컸지 눈치만 보고 기가 죽은 여린 백구를 누렁이는 끊임없이 돌보고 다독거렸다. 먹이를 먹을 때도 주변의 사람이 수십 미터쯤 안으로 들어오면 백구를 위해서 먼저 먹이를 지켰다. 괜찮다 싶으면 뒤로 물러서서 백구가 올 수 있도록 했다. 백구가 다 먹을 때까지 지켜 주는 것은 말할 것도 없었다.

동네의 다른 개들이 세력다툼이라도 벌이려는 것이었던지, 백구를 공격한 적이 있었다. 바둑무늬가 있는 녀석과 눈이 사나운 검은 개가 갑자기 백구의 목을 물고 늘어졌다. 그렇지 않아도 목이 아픈 백구는 녀석들의 공격에 고통을 이기지 못하고 그 자리에서 뒹굴기 시작했다.

백구의 싸움을 지켜보던 누렁이가 자그마한 몸으로 백구를 물고 있던 검은 개의 귀를 세차게 물어뜯기 시작했다. 바둑무늬 개는 누렁이의 다리를 물어 버렸다. 누렁이는 필사적으로 두 녀석을 백구에게서 떼어 놓기 위해 안간힘을 썼다.

마침 할아버지가 그 모습을 발견하고 막대를 휘둘러 다른 개들을 쫓아 버리지 않았으면 누렁이는 백구를 구하려다가 치명적인 상처를 입었을지도 모를 일이었다.

"아이구, 누렁아. 다리를 다쳤구나. 이 피 좀 봐라. 어쩌면 좋으냐."

할아버지는 누렁이의 다리를 치료해 주기 위해 부목을 댄다,

2년 동안이나 백구의 목을 핥아 준 누렁이가
백구의 목숨을 지켰다.

붕대를 감는다 부산해졌다. 백구는 여전히 멀찍이서 그런 누렁이를 보고만 있었다.

그 후로 누렁이는 바둑무늬와 검은 개가 나타나기만 하면 앙칼지게 짖어 댔다. 누렁이의 서슬에 놀랐던지 바둑무늬와 검은 개는 누렁이가 나타나면 슬금슬금 꽁무니를 빼며 도망을 쳤다.

누렁이의 대담하고 의리 있는 모습에 할아버지는 흐뭇했지만 한편으로는 불안한 마음을 지울 수가 없었다.

그토록 살뜰하게 돌봐 주는 누렁이가 있었지만 백구를 그냥 놓아둘 수는 없었다. 동내 개들과의 싸움으로 백구의 상처는 더 깊어진 듯싶었다. 누렁이가 백구의 목을 핥는 횟수가 점점 늘어만 갔다.

할아버지는 백구를 붙잡아서 치료해 주어야 한다고 생각했지만, 백구를 붙잡는다는 것은 쉬운 일이 아니었다.

'오늘은 물릴 것을 감수하고 근처까지 왔을 때 잡아 봐야지.'

일을 하는 동안 평소처럼 옆에서 말없이 따르던 백구를 할아버지는 아무렇지도 않은 척 걷다가 와락 달려들었다. 방심하고 있었던 듯 백구는 의외로 쉽게 잡혔다. 그런데! 갑자기 백구는 적의를 드러내며 할아버지의 팔을 물어 버리고 말았다. 백구의 거센 저항에 그만 놓쳐 버리고만 할아버지는 아픈 팔보다 백구를 치료해 주고픈 마음을 몰라 주는 것이 더 야속하고 가슴 아팠다.

할아버지는 몇 번이나 더 시도해 보다가 할 수 없이 알고 지내던 수의사 한 분께 도움을 청했다. 멀리서나마 백구의 상태를 알고 싶었던 것이다.

"음. 멀어서 잘 모르겠지만 목부분이 많이 상했는데요. 목덜미가 반 이상은 떨어져 나간 것 같아요. 저런 지경인데 지금까지 살아 있다니 기적 같네요. 친구 누렁이가 핥아 주지 않았다면 상처가 감염되어 벌써 죽었을지도 모릅니다."

할아버지는 수의사와 의논해서 백구를 구조하기 위해 방송사에 사연을 알리고, 119구조대에게 도움을 요청하기로 했다.

방송사로부터 백구의 딱한 사연을 전해 들은 119구조대와 주변 사람들은 성원과 격려를 아끼지 않으며 모두가 한마음으로 백구의 상처를 치료해 주기로 했다. 119구조대가 나섰으나 백구의 구조에는 여전히 난관이 많았다.

백구와 같은 동물은 마취총을 쏠 수가 없었다. 사정거리에 들어오기도 힘들지만 들어왔다고 해도 정확히 맞춘다는 보장이 없었다. 잘못해서 머리나 눈을 쏘게 되면 큰일이었다. 다리부분을 쏴야 하는데 마취총이 발사되면 몸을 뚫고 나갈 정도로 강력해서 백구 정도의 작은 동물은 즉사할 위험이 많았다.

수면제나 진정제를 먹이는 것도 용이치 않았다. 수면제를 섞은 음식물을 간신히 먹였다고 해도 금방 잠드는 것이 아니기 때문에 그 상태로 도망쳤다가 교통사고를 당할 수도 있고 위험한 구석에서 잠들었다가 변을 당할 위험도 있었다.

가장 안전한 방법은 그물로 백구를 사로잡는 방법이었다.

그러나 그런 방법이 통할지 의문이었다. 백구는 극도로 사람을 경계하고 있었기 때문이다. 구조대가 자신을 잡기 위해서 출동한 것을 알기라도 하듯이 더욱 예민해져서 누구든 수십 미터 이내로 접근만 해도 곧 도망치고 말았다.

할아버지와의 새벽 청소길은 여전했지만 주변을 돌아보는 눈길이 예사롭지 않았다. 누렁이마저도 백구와 마찬가지로 경계의 눈초리가 매서워졌다.

구조가 시작된 날 새벽, 119구조대가 앞쪽에서 그물을 펼치고 할아버지와 두 마리의 개를 기다리고 있었다. 할아버지는

119대원들과 약속한 장소로 개들을 몰고 걸어 나갔다. 애써 평상시의 모습을 유지한 채로.

'조금만 더 가면 대원들이 그물로 사방을 막아서겠지.'

그때 갑자기 누렁이가 가던 걸음을 멈추었다. 백구도 덩달아 누렁이의 뒤에서 멈칫했다.

누렁이가 갑자기 으르렁대더니 앞쪽으로 돌진해 왔다. 그곳에는 그물이 숨겨져 있었던 것이다. 누렁이가 그물이 숨겨진 곳을 온몸으로 들이박자 백구는 그대로 뒤로 돌아서 도망치기 시작했다. 눈 깜짝할 새였다.

아마도 위험을 알아챈 누렁이가 친구를 위해서 대신 그물로 뛰어든 것 같았다. 그물 속에 갇힌 누렁이는 멀리 사라지는 백구를 향해 쉴 새 없이 짖어 댔다.

혼자만 남은 채, 할아버지의 집으로 옮겨진 누렁이는 도통 음식을 먹으려 들지 않았다. 한쪽 구석에서 우울한 표정으로 가만히 엎드려 있었다.

"아마도 친구인 백구가 없어서 그런가 봅니다. 걱정이 되서 그렇겠죠."

항상 덜렁대고 활기찼던 녀석 앞에는 입도 대지 않은 밥그릇만 덩그라니 놓여 있었다. 누렁이의 눈은 창문 쪽에서 떠날 줄 모르고 누군가를 기다리고 있는 듯했다.

'내가 없으니 백구의 상처는 누가 핥아 줄까. 상처가 더욱 깊어졌을 텐데 아파서 밤새 끙끙대지나 않았을까. 동네 개들로부터 공격은 받지 않을까.'

그런 누렁이를 보는 할아버지와 구급대원들의 마음도 착잡했다. 이 모두가 백구 녀석을 위한 것이라는 우리들의 마음을 전할 수 있다면 얼마나 좋을까.

구조작전이 있고 난 후, 백구의 모습은 보이지 않았다. 사람들이 자신을 잡으러 온 것이라고 생각한 듯 어디론가 먼 곳으로 사라진 모양이었다.

할아버지와 다녔던 청소구역도, 평소 나타나던 골목에도 그림자 하나 보이지 않았다.

이웃 동네 파출소에 백구가 나타나기 시작했다는 신고가 접수됐다. 전주시내 곳곳에 백구의 거처를 수배하던 중 얻은 소중한 정보였다.

구조대원들과 할아버지는 다시 희망을 얻어 더 면밀한 작전을 세우고 백구를 기다렸다. 백구가 나타난다는 그곳은 사방이 뻥 뚫린 사거리였다. 건물도 제대로 없어 온 사방을 모두 그물로 막기 전에는 백구를 사로잡기가 어려워 보였다.

경찰에 요청하여 일정 시간 동안만 거리를 봉쇄하고, 합판을
구해서 벽을 만들고 두 곳만 길을 비워 놨다. 그 안으로 백구가
들어왔을 때, 그물로 막으면 되는 일이었다. 간단해 보였지만
원하는 시간에 백구가 나타난다는 보장이 없었다. 유난히 발빠
른 백구를 잡기에는 사람들의 힘이 부치는 것도 문제였다.

4시간째,

침을 삼키기도 조심스러운 긴장된 시간은 야속하리만큼 빨
리 지나가고 있었다. 2시간 후면 먼동이 틀텐데, 그때까지 백구
를 잡지 못하면 또 언제 나타날지 기약할 수가 없었다.

그때였다!

"백구가 나타났다. 그쪽으로 가. 그물 준비하고."

다른 쪽 골목에서 온 핸드폰 연락, 드디어 백구가 나타났다.

"백구가 그쪽으로 뛴다. 막아, 막아야 해."

사방으로 외침 소리가 들려왔다. 사람들은 저마다 골목과 숨
어 있던 차에서 뛰어나와 길목을 막아섰다.

"저쪽이야. 백구가 뛰어간다. 막아! 막아!"

쏜살같이 뛰어가는 백구를 사람들이 쫓기 시작했다. 백구는
정신없이 뛰다가 앞을 막는 사람들의 무리를 발견하고는 돌아
섰다. 뒤쪽에도 사람들이 막아섰다. 백구는 갑자기 몸을 옆으로

돌려 골목으로 들어갔다. 그곳은 막다른 골목이었다.

드디어!

장장 보름간의 구조작전을 벌여

백구의 구조에 성공했다!

커다란 그물 두 개가 으르렁거리며 떨고 있는 백구 위로 떨어졌다. 흥분하여 그물을 물어뜯으면서 몸부림치는 백구에게 블루건(입으로 쏘는 마취총)을 쏘았다. 진정제를 투여하기 위해서였다. 그런 몸부림을 그냥 놓아두었다가는 그물이 목을 죄어 위험에 빠지게 될 수도 있고 지나친 공포로 쇼크사를 일으킬 수도 있기 때문이다.

"하하하. 속이 다 시원하다. 이 녀석아, 이럴 걸 왜 그리 속썩였어?"

할아버지의 눈에는 눈물까지 맺혀 있었다. 점차 진정을 되찾는 백구에게 수의사가 다가갔다. 수의사는 얼른 백구의 목상태부터 살펴보았다. 예상보다 깊고 위험해 보였다. 그동안 누렁이가 핥아 주지 못해서일까. 상처는 고름과 진물로 범벅이 되어 있었다.

"뼈가 다 드러나 있어요. 목의 4분의 3은 떨어져 나갔어요. 빨리 옮깁시다. 지금 치료하지 않으면 위험해요."

병원에서의 수술은 1시간 넘게 계속되었다. 마취를 했는데도 백구의 눈에는 눈물이 마르지 않았다. 그만큼 상처가 아프고 깊었던 것일까?

목뼈까지 내려가서 조이고 있던 철사는 직경이 겨우 6센티미터도 되어 보이지 않았다. 그러니 목살을 뚫고 조여 왔던 것이다. 녹이 슬어 버린 길이 20센티미터의 철사는 2년간 백구의 목을 고통으로 옥죄다가 드디어 녀석을 풀어 주었다.

수술 내내 괴로워하는 백구를 보면서 사람들은 모두 할 말을 잃었다. 백구가 그렇게 된 것이 모두 자신들의 탓으로 생각되었고, 사람으로 태어난 것이 미안하게 여겨지기까지 했다.

아까부터 한쪽 구석에서 그런 백구를 지켜보던 누렁이마저 아무 소리도 내지 못하고 가만히 그 광경을 바라보고 있었다.

누렁이는 밤새 백구의 곁을 지켰다. 목에 붕대를 두르고 오랜만에 깊은 잠에 푹 빠져든 백구. 하지만 누렁이는 한순간도 잠들지 않았다.

한 달 뒤…

세상은 봄을 맞고 있었다.

김완봉 할아버지는 새벽 1시가 되자 변함없이 청소 리어카를 끌고 집을 나섰다. 그 옆에는 누렁이가 어느 때보다도 가벼운 발걸음으로 동행을 했다. 할아버지의 마음은 평소답지 않게 설레었다. 백구가 퇴원을 하는 날이었다.

오후가 되어 병원으로 가서 백구를 데리고 왔다. 백구의 상처는 눈에 띄게 나아지고 있었다. 아직까지 할아버지와 누렁이 외에는 사람들을 경계하고 있었지만 마음의 상처도 점차 나아질 것이다.

누렁이는 백구를 보자 경중경중 뛰어가 백구의 얼굴과 목을 핥아 주었다. 백구도 누렁이를 앞발로 툭툭 치면서 반가워했다.

그날 할아버지는 백구와 누렁이가 함께 살 집을 새로 지었다. 지붕은 빨간 색으로 벽은 하얀색으로 페인트 칠을 했다.

두 녀석의 밥그릇도 마련해 놓았다. 백구는 누렁이의 밥그릇으로 가서 밥을 먹기 시작했다. 그런 모습을 가만히 지켜보는 누렁이. 여느 때처럼 백구가 다 먹고 나자 누렁이가 먹기 시작했다.

할아버지는 그런 백구와 누렁이를 다정하게 쓰다듬었다.

"언제까지나 그 마음 변치 말아야 한다. 내 죽는 날까지 너희들을 지켜 줄 테니까."

백구와 누렁이는 그날 밤, 태어나서 가장 편안하고 포근한 보금자리에서 잠을 청할 수 있을 것이었다. 그리고 새벽이 되면 할아버지의 리어카를 따라 예전처럼 다정하게 골목을 누빌 수 있을 것이다.

밤은 백구와 누렁이의 새로운 새벽을 향해 달리고 있었다.

현재 우리 나라에는 목에 철사, 즉 올무를 두르고 도망 다니는 떠돌이 개가 그 수를 파악할 수 없을 정도로 많이 있습니다. 대부분 불법적으로 개들을 잡아먹으려는 사람들의 소행으로 보고 있습니다.

이런 개들이 겪는 가장 큰 고통은 시간이 지날수록 올무가 목을 죄어 온다는 것입니다. 차츰 목의 살을 찢고 기도와 식도를 끊어 마침내 죽음에까지 이르게 할 정도입니다. 먹을 수도 없고 잘 수도 없을 정도로 고통스러울 것이 뻔합니다. 피가 제대로 돌지 않아 얼굴이 퉁퉁 부어서 다니는 개들도 이런 올무에 목이 조이고 있는 것입니다.

한국동물구조협회 등 동물 단체나 구조단체에서 이러한 개들을 구조하고는 있지만 쉽지가 않습니다. 사람들로부터 받은 상처가 그만큼 깊어서 늘 도망치기 때문이죠. 자신들을 구해 주고픈 사람들마저 거부하는 개들.

비단 개뿐만이 아닙니다. 산에 불법적으로 설치해 놓은 덫에 걸려 다리나 목을 다친 고양이도 부지기수입니다.

얼마 전 한 텔레비전 프로그램에서 방송된 〈누렁이 구출작전〉은 이러한 동물들의 수난에 대한 사회적 경각심을 불러일으켰으나 안타깝게도 그 수는 줄어들지 않고 있습니다.

주인에게 버림을 받고 5년 동안이나 인천시 남동구 구월동을 떠돌던 개, 누렁이. 사람들에게 잡혀 가기 직전에 간신히 탈출했던 그 누렁이도 백구와 비슷한 경우입니다.

목이 죄어 먹이조차 먹지 못하고 사람들에게 대한 극심한 공포에 떨던 누렁이의 구출은 무려 20일이 넘도록 계속된 힘든 일이었습니다. 그래도 사람들이 저지른 잘못에 비하면 대단한 일이 아닐 것입니다.

기도까지 잘려나가 평생 짖지도 못할 것이라고 생각했을 정도로 위독했던 누렁이는 두 번에 걸친 수술로 생명을 되찾아, 다른 개나 고양이들에 비하면 그나마 다행한 경우라고 할 수 있습니다.

누렁이는 현재 새로운 주인을 만나 행복하게 살고 있습니다.

아직도 누렁이나 백구처럼 고통받는 떠돌이 개와 고양이가 많이 있습니다. 너무 많아 어디부터 어떻게 구조해야 할지 모르는 상황입니다. 그 처참하고 안타까운 모습은 마치 인간의 잔인성과 무관심에 대한 항변 같아 보이기도 합니다.

죄 없이 떠돌아다녀야 하는 수많은 생명들. 그 불행을 멈추게 할 수 있는 건 우리 인간들입니다. 오늘도 20cm의 올무에 생명을 위협받는 동물들을 고통에서 해방시킬 수 있는 지름길은 동물들도 우리 인간과 똑같은 생명을 지닌 고귀한 존재임을 인식하는 것입니다.

정삼품(正三品)벼슬을 받은 개

고려사(高麗史:권29, 忠烈王 8年4月條)에 실린 내용이다.

옛날 고려 충열왕 때 개성 땅 진고개 니현(泥峴)에 눈이 먼 아이가 살고 있었다. 아이는 일찍이 부모를 여의고 하얀 개 한 마리와 함께 살고 있었다고 한다.

그 아이는 종종 한 손에는 바가지를 들고 한 손은 개의 꼬리를 잡고 길을 나섰다. 마을 사람들이 아이의 바가지에 밥을 넣어 주었는데 주인인 아이가 손을 대기 전에는 감히 개가 먼저 밥을 먹는 법이 없었다. 혹시 아이가 목이 마르다 하면 아이를 끌고 우물가로 데리고 가 물을 마시게 하고 돌부리나 논두렁에서 떨어지지 않게 부모보다 더한 정성으로 아이를 인도하고 다녔다.

나라에서는 이 '의로운 개'를 기려 정삼품의 품작을 내리고 응분의 대우를 해줬다고 한다. 목에는 품작을 가리키는 목패를 채워 주었는데 사람들이 이것을 보면 말에서 내려 절을 하고 예를 갖추었을 정도라고 전해진다.

죽음도 막지 못한 순애보

트럭 한 대가 굉음을 내며 순식간에 어둠을 가로질러 갔다. 먼지와 함께 10월의 차가운 바람이 훅하면서 도로옆 작은 수풀 사이를 에워싸고 서 있던 사람들을 향해 불어왔다. 몸이 부르르 떨려 왔다. 그러면서도 몇 시간째 사람들은 그곳을 떠나지 못하고 있었다.

경기도 김포시 양촌면 홍신리. 트럭이 주로 다니는 국도변 〈늘푸른 갈비공원〉이라는 식당 앞에서는 벌써 8일째, 아침 저녁으로 이런 풍경이 펼쳐지고는 했다.

"저러다가 둘다 죽지. 어쩌면 좋아."

식당 아줌마의 한숨 섞인 눈빛을 따라가 본 수풀에는 2살쯤 되어 보이는 개 두 마리가 있었다. 한 마리는 짧고 검은 털에 얼굴이 뾰족하게 생겼는데 며칠째 미동조차 하지 않았다. 옆에 있는 개는 하얀색에 누런 털이 목 주위에 나 있었다. 눈이 맑고 순하게 생긴 녀석이었다. 날렵한 입모양이 영리해 보였는데, 특별히 종을 가늠할 수 있는 개같지는 않았다. 마을마다 흔히 볼 수 있는 발바리 종류의 잡종견이었다.

사람들을 찬찬히 둘러보며 경계를 하는 하얀 털의 녀석은 자꾸 눈이 감겨 오는 듯 내려앉는 눈꺼풀을 억지로 치켜뜨고 있었다.

"검은 개는 벌써 죽었는 걸."

"아냐, 아직 살아 있는지도 몰라. 그러니까 저 옆의 녀석이 지키고 있는가 보네."

일주일이 넘도록 검은 털의 개는 아무런 움직임 없이 그대로 있었다.

개들이 한적한 도로 옆에 있는 수풀 속에 있었기 때문에 처음 발견하기까지는 제법 시간이 걸렸다. 새벽녘, 누나가 운영하는 식당 일을 도와주러 오던 정기돈씨(31세)가 두 마리의 개가 함께 있는 모습이 눈에 띄어 이상하게 생각되어 다가갔다가 이들을 발견하게 됐다. 그런데 하얀 털의 개가 갑자기 으르렁대기 시작했고, 그 모습에 놀라 자신도 모르게 물러섰다고 했다.

한 마리는 죽어 있었고, 또 한 마리는 그 옆에서 떠나지 않고 지키고 있었던 것이다.

"아… 저 녀석들은 한 2년 전부터 같이 다니던 떠돌이 개였다구. 내가 짜장에 밥을 비벼서 주면 둘이서 다정하게 먹고는 했었지. 그런데 한 마리가 죽었구나. 보기에 꼭 연인마냥 다정했었어." (이웃동네 중국집 주인)

"한 마리가 차에 치였지 뭐. 어쩐지 길에 핏자국이 있더라구. 혹시나 했는데 저 개가 사고를 당했네." (식당 아줌마)

"그게 벌써 일주일 전 아니야? 그러면 제 짝을 이곳으로 옮겨 놓은 것이로구나. 어머머, 어쩜." (또 다른 식당 아줌마)

"죽어 있는 개를 어떻게 해줘야 하는 거 아닌가? 딴 데 묻어 주던가." (식당 손님)

"아이구, 묻어 주려고 했었죠. 그런데 건드리지도 못하게 해요. 얼마나 난리를 치는지 몰라요." (식당 아줌마)

"가만가만 내 옷이라도 덮어 주어야지. 밤 공기도 싸늘하고 저러다가 병나겠어." (이웃동네 중국집 주인)

중국집 주인이 자기의 웃옷을 벗어 가지고 개들이 있는 곳에

5미터쯤 안으로 접근했을까? 하얀 개가 으르렁댔다. 돌변한 모습에 중국집 주인은 자신도 모르게 몇 발자국 뒤로 물러섰다. 하얀 개의 입술은 떨리고 있었고 눈은 사람들을 쏘아보면서 접근을 막고 있었다.

"이 녀석아, 너를 위해서야. 아이구 그 녀석."

중국집 주인은 하얀 개를 달랬지만 반응은 더욱 거칠어졌다. 필사적으로 온몸으로 막아서는 녀석을 보면서 중국집 주인은 할 수 없이 멀리서 웃옷을 던졌다. 남색의 얇은 점퍼가 하늘을 날아올라 검은 개의 몸을 덮어 주었다.

식당에서 하얀 개에게 밥을 가져다주었다. 오랫동안 먹지 못했을 터이니 소화가 잘되라고 곰국에 밥을 으깨듯이 말아 주었다.

그러나 녀석은 먹지 않았다. 사람들이 애원을 하고 달래도 보았지만 녀석은 먹지도 않고 검은 개만 지키고 있었다. 따라 죽기라도 하려는 듯, 혹여 먹는 것이 죄스러운 듯.

그대로 두면 안 될 것 같아서 검은 개를 묻어 주려고 했지만, 그때마다 하얀 개에 혼쭐만 나고 말았다. 몇몇은 하얀 개에게 물릴 뻔했고 어떤 사람은 도망치다가 넘어져서 상처를 입기도 했다.

먹지도 자지도 않으며 8일이 넘도록 죽은 개를 지키던 순애

녀석은 잠도 자지 않았다. 계속해서 감겨드는 눈꺼풀을 억지로 치켜올리고 있었다. 간간히 검은 개의 몸을 정성껏 핥아 줄 뿐이었다. 천천히 꼼꼼하게 검은 개의 몸을 핥아 줄 때 녀석의 눈빛은 한없이 사랑스러워 보였다.

녀석을 위해서라도 사람들은 그 앞에 가지 말자고 의견을 모았다. 잠이라도 잘 수 있게 해줘야지 않냐면서…. 하지만 식당 창문 너머로 보이는 녀석은 여전히 잠을 이루지 못했다. 새벽이면 냉기와 싸우느라 온몸을 부들부들 떨면서도 한치도 그 자리에서 벗어나지 않았다.

지키는 것이 아니라, 사랑으로 버텨내고 있었다. 눈에 띄게 말라 가고 새벽의 이슬과 비에 흠씬 젖은 털이 먼지투성이가 되어 가고 있었다. 앙상하게 마른 다리와 골격이 날카롭게 드러난 얼굴은 피로에 지칠 대로 지쳐 있었다.

가끔 검은 개의 앞에서 이상한 고갯짓과 앞다리를 끄덕끄덕하면서 주변을 휘저었다. 뭔가를 말하려는 것 같았으나 아직도 근처에 오지 못하게 하니 알 길이 없었다.

문제는 검은 개였다. 예전보다 빨리 가을이 찾아온 탓에 서늘하다고는 해도 일주일이 넘었으니 부패도 제법 진행되었을 것이었다.

보다 못한 동네 사람들은 의논 끝에 근처의 수의사를 불러왔다. 수의사가 상태를 보기 위해 다가가자 녀석은 다시 으르렁대기 시작했다.

"검은 개는 암컷이고 하얀 개가 수컷이군요. 검은 개는 아마도 교통사고를 당한 것이 맞는 듯합니다. 내장이 파열되어서 밖으로 나와 있군요. 피를 많이 흘렸어요. 하얀 개가 너무 많이 핥아서 그런지 몸의 털이 다 벗겨졌어요. 부패가 됐는데 핥아 주니까 함께 벗겨진 것 같습니다. 둘은 부부 같은 사이였을 겁니다. 상대를 핥아 준다는 것은 애정의 표시거든요. 더군다나 저렇게 죽은 상태에서 끊임없이 핥아 주는 것으로 보아 대단히 애틋했던 사이였나 봅니다."

사람들은 수군거리기 시작했다.

"더 이상 놔두면 안 될 것 같은데요. 하얀 개는 거의 탈진상태네요. 이런 지 얼마나 됐다구요? 8일이요? 먹지도 않구요? 큰일 납니다. 저런 식으로 그렇게 오래 있었다니, 하얀 개도 검은 개 때문에 병에 감염되었을 수도 있습니다. 거기 보이시죠. 파리가 검은 개 위에다 구더기를 낳을까 봐 쫓고 있네요. 많은 개들을 봤지만 저런 경우는 참…"

하얀 개의 그 이상한 고갯짓과 앞다리를 휘저었던 행동은 검은 개에게 붙는 파리를 쫓는 것이었다. 더 이상 개들을 그대로 두어서는 안 될 것 같았다.

"그런데 곁으로 다가가기만 해도 물어뜯으려고 하니, 어떻게 하나요?"

"할 수 없죠. 물릴 것을 예상하고 손이나 발에 천을 두텁게 두르고 잡아낼 수 밖에요. 그렇지 않으면 하얀 개마저 죽을지도 모릅니다."

다시 어둠이 내리고 있었다. 사람들은 오래도록 그 앞의 식당에 모여서 이야기를 나누었다. 창문으로 보이는 하얀 개와 검은 개의 몸에 8일째의 밤이 싸늘하게 내려앉고 있었다.

9일째 아침을 맞았다. 여기저기서 어수선한 사람들의 소리가 도로를 가득 메워 왔다. 하얀 개는 그러한 사람들의 모습을 불안하게 두리번거리고 있었다.

기돈씨는 어디서 구해 왔는지 큰 합판을 세 개나 들고 왔다.

"이것으로 검은 개의 관을 짜 주자구요."

"그런데…."

식당 아줌마가 합판을 받아들다가 멈칫하고 물었다.

"혹시 검은 개를 묻어 주고 나면 하얀 개가 따라 죽는 거 아냐? 하긴 그냥 내버려 두어도 죽을지도 모르지."

"의논했던 대로 우리 집 마당에 개를 묻어 주고 하얀 개를 함께 기르면 괜찮을 거에요."

기돈씨의 말에도 사람들의 불안한 표정은 풀리지 않았다.

합판을 자르는 톱질소리가 울려 퍼진지 한 시간여 뒤, 기돈씨는 목줄을 들고 하얀 개 앞에 서 있었다. 팔과 다리에는 두꺼운 옷을 칭칭 감아서 녀석이 물어도 별다른 상처가 나지 않을 듯 싶었다. 말이라도 통할 수만 있다면 녀석에게 이 마음을 전할 텐데. 기돈씨는 다시 한 번 팔에 감긴 옷을 조였다.

갑자기 하얀 개가 검은 개의 몸에 자신을 더욱 밀착시키면서 마구 짖어 대기 시작했다. 어디에 그런 힘이 남아 있었는지, 앙칼진 소리로 세상 모두를 거부하듯이 짖어 댔다.

순간 기돈씨는 눈을 딱 감고 하얀 개에게 달려들었다. 아니나 다를까, 녀석은 팔을 있는 힘껏 물어 버렸다. 주변의 사람들이 달려들어 목에 목줄을 걸고 떼어 내기까지 한참 동안 실랑이를 벌여야 했다.

사람들은 검은 개를 관으로 옮기기 시작했다. 몸은 검붉은 색으로 군데군데 얼룩이 져 있었다. 부패가 상당히 진행된 상태였다. 그런데도 냄새도 나지 않고 파리 하나 꼬이지 않은 것은 하얀 개의 노력 때문이었다.

녀석이 그토록 온몸으로 소중하게 지켜 왔던 검은 개, 죽음까지 막아서던 애틋한 사랑을 받아 왔던 검은 개였다.

하얀 개가 몸부림치기 시작했다. 갑작스런 행동에 그만 목줄을 놓친 식당 아줌마의 외침을 뒤로 하고 하얀 개는 관으로 달려들었다. 앞발을 곧추세워 관으로 얼굴을 디민 하얀 개는 나즈막하게 "끙끙"대는 소리를 내며 검은 개를 바라보았다.

하얀 개는 검은 개를 오래도록 마음에 담고 싶었던 듯 가만히 가만히 쳐다만 보고 있었다.

"얼마나 사랑했으면 저럴까. 눈에 눈물이 맺힌 것 같아요."

구경하던 젊은 여자가 눈시울을 닦아 냈다.

하얀 개는 그렇게 20분 가량 검은 개를 바라보다가 물러섰다. 마치 이제는 헤어져야 함을 이해하듯 천천히 물러서는 녀석의 맑고 총명해 보이는 눈망울이 슬픔으로 젖어 들고 있었다.

하얀 개가 물러나고서야 사람들은 관의 뚜껑을 덮을 수 있었다.

"꽝… 꽝… 꽝…"

관에 못질을 해서 울리는 소리가 슬픈 공기를 타고 사방으로 퍼져나가고 있었다.

"우… 우… 우…"

하얀 개가 울기 시작했다. 마치 곡을 하듯이.

몇몇 여자들이 눈물을 훔치기 시작했다.

관은 기돈씨의 집 앞마당으로 옮겨졌다. 대문 가까이에 땅을 팠다. 이제는 굳이 목줄을 잡고 있지 않아도 하얀 개는 도망치지도 사람들을 방해하지도 않았다. 사람들의 느릿한 움직임을 아무 말 없이 따르고 있었다.

어느새 어둑해진 주변에는 불을 밝히기 위해 전구들이 빛을 내고 있었다. 소문이 나서일까. 족히 30명은 넘어 보이는 사람들이 둘러싸고 있었다.

드디어 관을 내리는 작업이 시작되었다.

잠시…

사람들은 하얀 개를 보았다. 말없이 가만히 바라보던 하얀 개가 갑자기 관 주위를 돌고 있었다. 뭔가 냄새를 맡는 듯했다. 마지막 가는 길이니까 그 냄새라도 기억에 담아 두고픈 것일까. 한참을 빙빙 돌았다.

한 번… 두 번… 세 번….

관 위로 떨어지는 흙이 덮여 가는 것을 바라보던 하얀 개는 어느덧 관이 거의 보이지 않게 되자 앞으로 달려나왔다. 혹시라도 하얀 개가 뛰어들까 하고 사람들이 잡았는데 녀석은 좀 더 가까이 다가가서

"우… 우… 우…"

울음을 울었다.

6개월 뒤, 하얀 개가 살고 있다는 기돈씨의 대문을 열자 검은 개의 무덤이 한눈에 들어왔다. 작은 무덤이지만 봄기운 물씬 나는 잔디가 파릇하게 덮였고 한쪽에는 국화꽃이 예쁘게 놓여져 있었다.

그 옆에…

마치 파수꾼처럼, 동상처럼

미동조차 없이

하얀 개가 서 있었다.

앞에는 10여명의 사람들이 마치 순례를 하듯이 무덤과 하얀 개를 보고 있었다. 하얀 개에게는 〈순애〉라는 이름이 지어져 있었다. 순애보를 아는 개라는 뜻이라고 했다.

순애는 암컷을 묻어 주고 나서 3일이나 밤낮을 먹지도 않고 자지도 않고 울기만 했다고 한다. 때문에 동네 사람들이 잠을 이룰 수 없었다고 했다.

다행히 순애의 몸은 건강해 보였다. 먼저투성이었던 털은 하얗고 보드랍게 변해 있었고, 눈물이 어려 있던 슬픈 눈동자는 아직도 변함 없으나 예전보다는 다소 생기가 있었다. 이제는 제법 먹기도 한다는데, 식당 아줌마가 뼈다귀 하나를 주자 달려와서 집어들고는 다시 무덤가로 갔다.

"저것 봐, 저것 봐. 꼭 저런다니까. 뭘 주면 가지고 쪼르르 달려가서 꼭 무덤 옆에서 먹어. 아예 집을 그 옆에다 만들어 줬다니까요."

무덤가에서 얌전하게 뼈다귀를 먹고 있는 순애의 옆을 보니, 자그마한 개집이 놓여 있었다. 무덤을 떠나지 않으려고 해서 할 수 없이 집을 옮겨 주었다는 것이다.

더 신기했던 일은 기돈씨를 경계하지 않는 것이란다.

"다른 사람은 절대 따르지 않는데, 기돈씨 말은 잘 들어요. 아마도 자기 짝을 묻어 준 사람이라서 그게 고마워서 그런가 봐."

식당 아줌마의 말을 듣고 있는데 마침 기돈씨가 외출했다 돌아오는 길이었다. 밥을 먹고 있던 순애가 힘차게 기돈씨를 향해 달렸다. 여느 개처럼 주인을 보자 반가운 듯이 꼬리를 경쾌하게 흔들고는 한참 동안 그 품에 안겨 있었다. 여지껏 한 번도 볼 수 없었던 모습이었다.

사랑만 아는가 싶었더니 의리도 아는 진짜 멋진 놈이구나 싶었다.

그때 한 무리의 사람들이 들이닥쳤다. 네댓 살 되는 남자아이들과 젊은 부부가 왔는데 손에는 꽃다발이 들려 있었다. 들어오더니 사람들에게 가벼운 목례를 하고는 그 무덤으로 갔다. 무덤 위에 놓여진 다른 국화들 위로 자신들이 가지고 온 꽃다발을 올려놓았다.

"순애의 사연이 방송과 신문에 소개된 뒤에는 근처에 사는 사람들이 제법 찾아와요. 이 녀석이 보여 준 사랑에 감동해서라구요."

기돈씨의 설명이 없었어도 미루어 짐작할 수 있었다. 젊은 부부는 오래도록 무덤가에서 떠나지 않고 순애를 쓰다듬고 도란도란 이야기를 나누었다.

"자기도 나 죽으면 이렇게 지켜 줄 수 있어?"

"에이, 왜 그래? 당신이 나보다 먼저 죽으면 안 되지."

순애는 아직도 하늘로 간 짝의 무덤가에서 사랑을 지키고 있다.

"말 돌리지 말구 말해 봐. 이 순애만큼 날 사랑해 줄 수 있는 거지?"

남편은 머리를 긁적였다. 순애는 그저 무덤만을 쳐다보고 있었다. 사람들의 웃음과 그들의 사랑스러운 모습이 떠나간 제짝을 떠올리게 한 건 아닐까.

돌아오는 길 내내 마음이 아파 자꾸 뒤를 돌아보게 되었다.

순애는 아직도 그 무덤가에 있다. 고개는 무덤만을 쳐다보고 다른 어디에도 눈길 한 번 돌리지 않는다. 자꾸 돌아봐도 순애는 아직 그 무덤가에 있다.

6개월 전 그때처럼….

그때처럼 어둠이 내리고 새벽 이슬이 털을 차갑게 적셔도 순애는 여전히 그 무덤가에서 떠나간 사랑을 지키고 있을 것이다.

개는 어떻게 생겨났을까?

개의 선조는 오늘날의 이리(늑대)의 조상과 같을 것이라는 것이 정설로 되어 있지만, 아직은 동물학자들 사이에서도 이견이 분분하다.

개는 언제부터 지구상에 존재했을까?

제일 오래된 개는 토마쿠터스라는 원시견이라고 하는데, 약 2백만년 전으로 추정된다. 1만 2000 ~ 1만 4000년 전에 유라시아에서 기원했다고도 한다.

50만 년 전의 선신석기 시대에 토마쿠터스에서 너구리, 이리, 자칼, 개 등으로 각각 파생되었을 것으로 보고 있다.

개의 또 다른 조상으로 거론되는 동물 후보는 자칼로 본래 아프리카 동물이다. 메소포타미아, 남동부 유럽, 인도에까지 퍼져 살았다. 자칼은 개에 비해 사회성이 덜하지만, 여우처럼 좁은 머리를 가진 점 때문에 개의 조상은 아닐 것으로 추측된다.

오늘날 그레이트 댄, 세인트 버나드 등의 대형견은 브론즈훈드와 이리를 교배시킨 것이라고 추정되고 있다.

생명을 구해 준 여인 난정이

새벽 2시.

대학 4학년 성훈씨는 밀려오는 졸음을 쫓느라 한바탕 곤욕을 치르고 있었다. 취업을 앞두고 벌써 몇 달째 성훈씨는 새벽까지 공부를 하고 있었다. 바늘 구멍보다 좁다는 대기업 취업을 위해 원서를 제출한 다음부터는 줄곧 새벽까지 잠을 이룰 수 없었다.

그런데 저녁에 먹은 약이 문제였다. 코끝이 간질간질하고 얼굴이 자꾸 벌개지는 것이 감기가 오려는가 싶어, 저녁밥을 먹고 얼마 전에 사다 놓은 감기약을 두 알이나 먹은 뒤였다.

자꾸 두 눈이 감기고 머리도 지끈거리며 눈꺼풀이 내려앉으면서 졸음이 쏟아지기 시작한 것이다.

창문을 열면 매섭게 불어닥치는 1월의 겨울 바람도, 벌써 몇 잔째 들이키고 있는 커피도 별 도움이 되지 않았다. 전기 스토브 앞에서 몸을 잔뜩 구부린채 자고 있는 난정이가 왜 이렇게 부럽기만 한지….

성훈씨는 대학에 입학한 뒤부터 줄곧 자취생활을 하고 있었다. 벌써 4년째, 학교 근처 행신동(경기도 고양시)에서 화장실 딸린 한 칸짜리 방을 얻어 홀로 지내고 있는 것이다.

자취까지 하자면 외롭고 힘든 때가 종종 있었는데 난정이는 그런 성훈씨의 유일한 동거녀였다.

6개월 전, 한 인터넷 사이트에서 이벤트를 진행하고 있었다. 강아지 〈비글〉을 무료로 준다는 거였다.

비글은 스누피의 모델로 큰 인기를 끌었는데 당시 골프선수 박세리가 미국에서 첫 우승을 하며 골프장에 동반한 애견이 바로 비글이었다고 해서 더더욱 인기 상승 중이었다. 비글을 갖고 싶어하는 사람은 줄잡아도 수만 명이 넘었을 거다.

외롭고 적적했던 성훈씨도 혹시나 해서 이 이벤트에 참가를 했다. 그런데 뜻밖에도 1등에 당첨되어, 강아지 한 마리를 선물 받게 된 것이었다.

매끈하게 빠진 몸매에 검은색과 갈색 반점이 널찍하게 퍼져 있는 비글. 그것도 암컷이었다. 원래 영국 웨일스 지방에서 토끼 사냥을 하던 사냥개로 이름을 떨쳤기 때문에 좁은 집에서 키우기는 힘들 거라는 주변 사람들의 걱정은 괜한 일이었다.

처음 만나서부터 이쁘장한 외모에 하나를 가르쳐 주면 둘 이상을 따라할 만큼 비상한 머리를 가진 신통한 녀석이었다. 온순한데다가 성훈씨를 참 잘 따랐다.

새로 생긴 동거녀를 위해 성훈씨는 당시 한창 유행했던 드라마 〈여인천하〉의 주인공 이름을 붙여 주었다.

'난정이'

예쁘고 머리 좋은 성훈씨의 동거녀 난정이

똑부러지고 영리한 여인, 한 번 섬긴 사람에 대한 충절이 대단했던 여인 난정이를 닮으라는 뜻에서 붙여 준 이름이었다. 이름 탓인지 난정이는 주인 성훈씨를 몹시도 잘 따랐고, 필요한 일은 스스로 다 알아서 처리했기 때문에 키우는데 별로 손이 갈 것도 없었다.

방 안에서 제일 따뜻한 곳에서 성훈씨 보라는 듯 코까지 골며 자는 난정이. 성훈씨는 그런 난정이를 부러워하면서 다시 책을 들여다보기 시작했다.

그로부터 2시간이 흐른 새벽 4시, 밀려오는 졸음을 더 이상 참을 수 없던 성훈씨는 쓰러지듯 침대에 누워 잠들어 버렸다.

"드르렁… 드르렁"

정말 꿀맛 같은 단잠이었다.

그때였다. 어디선가 짧은 스파크가 일었다. 그리고 방 안으로 스멀스멀 시커먼 연기가 차오르기 시작했다. 시작을 알 수 없는 불길이 점차 옮겨 붙기 시작했다. 한 칸짜리 방 안에서 벌어진 이 무서운 사건을 제일 먼저 발견한 건 난정이였다.

눈앞에 펼쳐진 광경에 놀란 난정이. 연기는 자욱했고, 불길은 침대며 옷이며 사방으로 번지기 시작했다.

"멍… 멍… 멍멍멍멍" (불이야. 오빠 ! 일어나요. 불이 났어요.)

원래 한번 잠들면 누가 업어가도 모를 만큼 잠귀가 어두운 성훈씨였다. 그날 따라 약까지 복용했으니 평소처럼 곁에서 짖어대는 난정이 소리에 잠이 깰 리 만무했다. 아무리 짖어도 도통 일어날 생각을 하지 않았고, 연기 때문에 난정이 역시 더 이상 짖는 것조차 힘들어졌다.

난정이는 성훈씨의 얼굴을 핥기 시작했다. 목이며 얼굴을 낑낑거리며 핥고 또 핥았다.

"저리 가, 난정아. 음냐…"

성훈씨는 오히려 베개에 얼굴을 푹 묻고는 다시 깊은 잠을 이어 가고 있었다. 한참을 성훈씨 곁에서 맴돌던 난정이는 서서히 불안해하기 시작했다. 좁은 방에 회오리처럼 몰아치는 연기와 불길이 언제 제 주인을 집어삼킬지 모른다는 생각이 들었던 것이다.

난정이는 불길 속으로 뛰어 들어갔다. 시뻘건 화염은 이제 1년도 채 안 된 어린 강아지쯤은 문제도 되지 않는다는 듯 난정이를 향해 넘실거리고 있었다. 그 불길 속에서 난정이가 찾아낸 것은 제 밥그릇이었다. 밥그릇을 입에 물고 난정이는 화장실쪽으로 달려갔다.

하나, 둘, 셋!

불길이 스치고 간 터라 서걱서걱해진 화장실 문은 난정이가
몸으로 밀자 단번에 무너지듯 열렸다. 밥그릇을 들고 화장실 안
의 세숫대야를 향해 갔다. 성훈씨가 늘상 물을 받아 놓던 그 세
숫대야였다. 역시나 물이 남아 있었다. 난정이는 밥그릇에 물을
가득 담아 화장실 문 앞에서 잠시 주춤거렸다.

가는 길은 오는 길보다 훨씬 두려운 길이었다.

점점 더 신이 난 듯 타오르는 불길… 입에 문 물그릇 때문에
재빠르게 달릴 수도 없는 난정이는 천천히 불길 속을 걸어가고
있었다. 털이 그슬려 온 몸이 시꺼멓게 변하는 줄도 모른 채…
눈이 맵고, 숨이 턱까지 차는 것도 아랑곳하지 않으며 난정이는
성훈씨가 자고 있는 침대로 다가왔다.

다시 한 번, 하나, 둘, 셋!

난정이는 있는 힘을 다해 잠자고 있는 성훈씨의 얼굴에 물그
릇을 던지듯 내려놓았다.

"앗… 차거… 이게 뭐… 어… 어… 불이야! 불이야!"

잠이 확 깨 버린 성훈씨! 눈을 뜬 성훈씨 앞에는 믿을 수 없는

광경이 펼쳐지고 있었다.

침대 위까지 번져 온 불길, 눈앞은 시커먼 연기로 한 치 앞도 보이지 않았다. 축축하게 젖은 얼굴과 잠옷… 그리고 성훈씨 곁에는 털이 까맣게 그을린 난정이가 맥없이 쓰러져 있었다.

"난정아… 난정아… 정신차려!"

성훈씨는 급하게 난정이를 안고 밖으로 뛰쳐나왔다.

집 밖으로 달려나와 119에 신고를 했을 때는 이미 자취집이 온통 화염에 휩싸인 상태였다.

걷잡을 수 없는 엄청난 화염… 그 불길을 뚫고 살아 나온 한 남자!

믿을 수 없다는 듯 성훈씨는 자꾸만 얼굴을 꼬집어 보기 시작했다.

내가 정말 저 불길 속에서 살아 나왔단 말인가.

내가 잠든 사이 저토록 무시무시한 일이 벌어졌단 말인가.

소방차가 도착하고 불길은 서서히 잡히기 시작했다. 성훈씨네 집은 온통 까맣게 그을려 있었다.

그제서야 성훈씨는 가슴팍에 안고 있는 난정이를 바라보았다. 타고 남은 집처럼… 온통 까맣게 그을린 채 가는 숨을 힘겹게 쉬고 있는 난정이. 병원으로 달려가면서 성훈씨는 자꾸만 가슴이 아려 왔다.

난정이가 아니었다면… 난정이가 목숨을 내걸고 깨우지 않았더라면… 성훈씨는 어떻게 되었을까.

"고맙다, 난정아… 니가 내 생명의 은인이구나."

난정이는 제 살갗을 태우면서까지, 죽음에 문턱에 선 성훈씨를 구해 주었다. 불길 속에서 목숨을 다 바쳐 제 주인을 구해 낸 '오수의 개' 처럼 말이다.

다행히 며칠간의 치료로 난정이는 건강을 회복했다. 난정이의 기관지는 연기로 꽉 차 있었고, 그을린 털이 다시 자라는 데는 시간이 꽤 필요했다.

그 후 성훈씨는 생명의 은인 난정이를 지극정성으로 보살피고 있다. 자취하는 총각 살림에 먹을 것 하나 제대로 챙겨 놓지 못했는데, 난정이 기력을 회복시킨다며 매일같이 장바구니가 휘어진다. 한 달에 한 번 날을 정해 두고 먹던 삼겹살이었는데, 난정이 때문에 하루가 멀다 하고 자취방에 고기 냄새가 진동을 할 정도이다.

또, 혼자 두고 나가는 게 마음이 놓이지 않아 학교에 갈 때도

심지어 소개팅에 나갈 때도 난정이를 데리고 다닌다. 친구들이
며 학교 선배들은 이제 아예 난정이를 성훈씨의 여자친구라고
부른단다.

남자가 오죽 못났으면 집에서 기르는 강아지를 여자친구라
고 품에 꼭 껴안고 다니냐며 코웃음 치는 친구들도 있지만, 아무
렴 어떨까? 세상의 어느 여자친구가 난정이처럼 목숨을 걸고 사
랑하는 남자를 지켜 주겠는가?

비록 사람과 사람처럼 복잡하고 어려운 인연은 아니더라도,
한 번 맺은 소중한 인연을 아름답게 가꾸어 가는 것은 꼭 사람만
이 아닐 것이다. 죽음의 문턱에 이르러서도 상대방을 생각하며,
보살펴 주고 아껴 주며, 서로에게 은혜를 갚는 일 역시 사람만이
할 수 있는 일이 아닌 것이다.

난정이가 그랬듯 말이다.

'오수의 개' - 천년을 뛰어 넘는 犬 환생 프로젝트

'오수의 견'은 신라시대 전북 임실군 오수면에서 풀밭에서 술에 취해 잠든 주인을 불 속에서 구한 뒤 자신은 끝내 목숨을 잃은 것으로 유명한 개다(개울물을 길어다 주인의 몸에 붙은 불을 꺼 주었다는 이야기가 '난정이'의 경우와 흡사하다.).

그 오수견을 천년의 세월이 넘은 지금 복원하려는 연구가 활발하다.

지난 1997년 오수견 연구위원회가 발족하여 국내외 각종 문헌과 유적지에서 발굴된 개 뼈등을 바탕으로 혈통을 추적해 왔다. 99년부터는 그 결과를 기초로 본격적인 오수견 육종 사업이 시작되었다.

오수견의 혈통으로 결론 내려진 종은 티베트산 마스티프. 전문가들은 이 견종이 우리나라에 들어와 토종화된 것으로 보고 있다. 이에 따라 99년에 3마리의 마스티프를 들여와 꾸준히 순종 교배하여 2003년에는 80마리로 늘어난 상태이다.

조만간 오수의 개에 가장 가까운 종자가 탄생할 것으로 내다보고 있다.

오수견의 특징은, 키가 수컷이 약 60cm 정도, 암컷은 약 58cm, 길이는 약 1.2m이다. 실제로 티베트산 마스티프보다는 그 크기가 작고 진돗개보다는 큰 대형견으로 추정된다.

귀는 비교적 표면적이 넓고 머리가 아래로 처져 있는 모습이며 코는 흑색을 원칙으로 하며 뒷다리는 약 10도 정도 경사각을 이룬 채 위로 힘차게 뻗어 있다. 머리가 영리하고 경계심, 충성심과 함께 대담한 성품을 지녔다고 파악되고 있다. 꼬리는 말려 올라갔으며 균형잡힌 근육형의 당당한 체격이다. 온몸에 털이 많은 것도 특징이다.

오수의 견이 천년의 세월을 넘어 환생하게 될 때, 그 외향뿐만 아니라 충성심과 용기까지 고스란히 되살려졌으면 하는 것이 모든 사람들의 소망이기도 하다.

충견, 백구의 운동화

아침부터 몰아치던 비바람이 좀처럼 그칠 기미를 보이지 않았다. 8월 한달 내내 기승을 부리던 태풍이 막바지까지 전라남도의 섬마을 진도를 흔들고 있었다.

그 빗속에, 진도 옥대리 마을에서는 십여 명의 사람들이 모여 조용히 장례를 치루고 있었다. 얼마 전인가 간암선고를 받고, 스무날 남짓 홀로 투병생활을 하고 있던 완수 아저씨가 마흔의 짧은 생을 마감한 것이다.

가족이라곤 한 마을에 줄곧 살아온 누나네 식구들뿐이었으니 거창하게 치러질 장례는 아니었지만, 한 사람을 떠나보내는 일이니만큼 동네 사람들 모두가 함께 도와서 간소하지만 마을 전체의 장례로 치를 생각이었다.

하지만, 몇 시간째…

사람들은 장례를 치르기는 커녕, 시신의 곁에 한 발짝도 다가서지 못하고 있었다. 시신의 곁에서 다가오는 사람들을 향해 날카로운 이빨을 곧추세우고 으르릉… 위협적인 소리를 내는 진돗개 한 마리 때문이었다.

털이 하얗고 몸집이 꽤나 큰 이 녀석은 고인이 된 완수 아저씨가 오래 전부터 기르던 진돗개 백구였다.

마을에서도 외따로 떨어진 한 칸짜리 완수 아저씨네 집. 반쯤 열려진 창문 사이로 아침부터 내린 비가 새어 들어온 탓인지 흙탕물이 흥건한 방 안에는 책 몇 권이 꽂혀 있는 작은 책장과 거울, 그리고 침대 하나뿐이었다. 아저씨는 여기저기 약 봉투가 널려져 있는 침대 위에서 깊은 잠에 빠진 듯 두 눈을 꼭 감고 있었다. 백구는 바로 그 옆에서 꼼짝도 하지 않고, 누구도 접근하지 못하도록 누워 있는 아저씨를 내내 지키고 있는 것이다. 으르릉거리는 낮은 울부짖음에는 때때로 쉰 소리가 섞여 나오기까지 할 만큼 몹시 지쳐 보였지만 녀석은 앞발로 조용히 아저씨의 목이며 얼굴을 핥아 주고 있었다. 숨을 거둔 지 한참 지난 아저

씨의 얼굴은 파리하게 식었지만, 백구가 껴안고 있던 가슴팍만
은 온기가 남아 있었으니, 대체 얼마나 오래 안고 있었던 걸까?

눈 감은 아저씨를 바라보는 백구의 두 눈에는 금방이라도
'똑똑' 떨어질 것만 같은 눈물이 그렁그렁 맺혀 있었다.

조금만 그냥 있게 해 달라고, 데려가지 말라고…!

사정이라도 하는 것 같은 간절하고도 슬픈 눈을 보며 사람들
의 눈시울도 이내 붉어지고 말았다. 그때까지 말없이 백구의 유
난한 행동을 지켜보던 사람들은 저마다 한마디씩 거들기 시작
했다.

"완수씨가 키우던 백구 아니예요? 저 개가 놀래서 그러나?
왜 울고 그런데요?"

"개가 울기도 하네 그려… 쯧쯧, 주인이 가는 줄 아는 모양이
네…"

"완수 삼촌이 오죽이나 잘해 주었어야죠. 완수 삼촌한테는
백구밖에 없었으니까."

완수 아저씨는 공사장에서 막일을 하며 하루하루 생계를 잇
던 가난한 노동자였다.

처음엔 아내도 있었고 초등학교에 다니던 두 아들도 함께 살
았었지만, 공사장에서 사고를 당한 후 가난과 병치레에 지친 아

장례를 치르기 위해 다가오는 사람들을 위협하는 백구.

내가 아들들을 데리고 떠나 버렸다. 혼자가 된 아저씨는 정 부칠 곳 없는 외로운 마음이나 달래 볼까 하고 동네 어르신에게 강아지 한 마리를 부탁했었다.

원래 섬마을 진도는 진돗개로 유명한 곳이다. 한국의 토종 명견으로 총명하고 용맹스러울 뿐 아니라, 제 주인에게는 헌신적이고 순종적이기 이를 데 없는 개가 바로 진돗개다. 쫑긋 솟은 귀에 단단한 몸이 퍽이나 잘생긴 진돗개는 털이 가을 들녘처럼 황금빛을 띠는 누런 황구와 소복히 눈이 내려앉은 것 같은 하얀 백구가 있다.

완수 아저씨는 눈처럼 하얗고 동그란 눈망울을 지닌 어린 백구를 집으로 데리고 왔다. 태어난 지 한 달이 채 안 된 새끼 강아지는 작은 몸집에 유난히 털이 하얀 녀석이었다. 빛을 받으면 눈이 부실 정도로 하얀 털 때문에 완수 아저씨는 별다른 고민 없이 녀석의 이름을 그냥 백구라고 불렀다.

잠이 많아 언제나 따뜻한 볕이 제일 많이 내리쬐는 아저씨의 침대 머리맡에서 꾸벅꾸벅 졸기를 좋아하던 백구였다. 그러다가도 일을 마치고 아저씨가 돌아오면 침대 위에서 폴짝 뛰어내려 꼬리를 흔들어 대던 녀석이었다. 백구를 보면 아무리 화가 났었더라도 살풋 미소가 번질 정도였다.

누구 하나 반기는 이 없었던 완수 아저씨는 그런 백구에게 정이 함뿍 들어 버렸다.

일을 끝내고 돌아오는 길에 백구가 좋아하는 참치며 고기며 한가득 사와서는 으레 백구에게 먼저 주었고, 바닷가로 산책을 늘 함께 다녔었다.

어쩌면 완수 아저씨는 백구에게서 아빠, 아빠하며 따르던 아들과 나누지 못한 정을 느끼고 있었던 건지도 모르겠다.

이제 혼자 남은 백구. 아저씨의 시신은 평소 유언대로 아저씨가 큰 수술을 받으며 도움을 받았던 전남대학병원에 기증하기로 되어 있었다. 대학병원 시신 인계팀이 하얀 앰뷸런스를 타고 마을에 도착했다.

사람들은 아저씨의 시신을 지키고 있는 백구와 한참의 실랑이를 벌인 끝에 현관 입구 수돗가에 묶어 두고 나서 서둘러 장례를 치렀다.

아저씨의 얼굴이 하얀 천으로 가리워지고, 병원 직원들이 들것에 시신을 옮겨 방을 나와 앰뷸런스를 향해 가고 있었다.

바로 그 순간!

쇠줄에 단단히 묶여 있던 백구가 이빨로 줄을 끊고 들어와 사납게 짖는 것이 아닌가. 병원 직원들에게 달려들며 사람들의 손을 물어뜯고 들것을 거칠게 공격하며 매달리기 시작했다. 쉬지 않고 들것을 들이받는 백구의 입 언저리에서는 피가 번지고 있었고, 하얗던 얼굴은 내리는 비와 피로 범벅이 되어 차마 볼 수 없는 모습이었다.

제 주인을 떠나 보내기 싫은 마음이 그렇게나 간절했을까?

우여곡절 끝에 아저씨는 마을을 떠날 수 있었다. 앰뷸런스가 가는 길을 따라 하염없이 달리던 백구가 완수 아저씨에게 마지막 인사를 건네듯 두 발을 가지런히 모으고 마을 어귀 느티나무

밑둥에 앉아 있었을 때에는 동네 주민들도 백구도 모두가 울고 있었다.

떠나는 고인보다 남은 백구의 모습 때문에 사람들은 더욱 가슴을 쓸어내려야 했다. 빗소리는 왜 그렇게 구슬프던지…

그날 이후…
백구는 일주일이 지나도록 물 한 모금 입에 대지 않았다.
완수 아저씨의 침대 곁에서 떠나지 않은 채…
보다 못한 사람들이 여기저기서 고기며 사료를 챙겨 강제로 넣어 주었지만 입에 넘긴 음식은 모조리 토해 내기까지 했다. 밤낮없이 웅웅… 하고 울어 대기만 할 뿐 물 한 모금 먹지 않는 녀석은 서서히 탈진해 가기 시작했다.

열흘째 되던 날, 한 마을에 살면서 간간히 완수 아저씨와 백구를 돌봐 주던 아저씨의 누나가 백구를 집으로 데리고 가기로 했다. 주인을 기다리는 마음은 갸륵하지만 백구를 위해서는 살던 곳을 떠나도록 해주는 편이 나아 보였다. 녀석의 충직한 마음을 잘 알기에 건강을 잃지 않도록 보살펴 주고 싶어서였다.

하지만 백구는 고집을 피웠다. 끌어내려는 누나와 집에서 한 발짝도 떠나지 않으려는 백구의 실랑이는 애처롭기까지 했다.

“여기 있으면 누가 밥을 주니? 이제 아저씨는 없어. 이러다 너두 죽게 될 꺼야.”

“아이고, 열흘 내내 먹은 것도 없는데 무슨 힘이 생겨서 이렇게 버틴다니?”

이렇게 떠나면 정말 아저씨와는 영영 이별일 것만 같아서였을까? 머리엔 피가 몰리고 다리는 조금씩 떨려왔지만, 녀석은 좀처럼 움직이지 않았다. 문지방에 머리를 박고 네 발에 온 힘을 다 실어 놓고 안간힘을 쓰며 버티는 백구. 하지만 이미 지칠 대로 지친 녀석은 얼마 버티질 못했다.

누나네 집으로 가서도 물 한모금 대지 않기를 며칠째… 툭하면 목줄을 끊고 아저씨와 함께 지내던 옛집으로 달려가는 일도 허다했다. 그럴수록 영양 주사를 맞는 일이 잦아졌고, 쇠줄이 더 단단하게 동여매지기만 할 뿐이었다.

그러던 어느 날.
그날도 아침부터 비가 내리고 있었다. 누나가 다급하게 소리를 질렀다.

“백구야… 백구야.”

사랑이 떠나간 건 순간이었지만, 그 기억은 오래도록 가슴에 남는다.

밤새 어떻게 했는지, 백구가 세 겹이나 되는 쇠줄을 끊고 사라져 버리고 만 것이다.

급히 누나가 달려간 곳은 완수 아저씨네 집, 녀석이 갈 곳은 여기뿐이리라. 역시나 옛집의 현관 앞에서 얌전히 앉아 있는 백구는 내리는 비를 옴팡 다 맞고 있었다.

"이리 와, 백구야. 착하지… 비 맞고 거기서 뭐하는 거야?"

이미 하얀 털이 흠뻑 젖은 백구를 억지로 일으켜 세운 누나는 그 자리에 주저앉고 말았다. 내리는 비를 온몸으로 맞으며 백구가 품 안에 꼭 품고 있었던 것은 완수 아저씨의 신발이었다.

백구의 온기 때문에 따뜻한 김이 뽀얗게 서려 오는 아저씨의 하얀 운동화. 이빨이 빠지도록 쇠줄을 끊고 옛집을 찾아온 것이 정말 이것 때문이었을까?

주인과 함께 보낸 시간은 3년이었지만 주인이 주고 간 사랑의 무게를 뛰어넘을 만큼 길고도 긴 시간을 기다리고 있는 백구였다.

그후 6개월이 흘렀다. 8월 한달 내내 진도의 섬 마을을 잔잔한 감동으로 적셨던 백구는 완수 아저씨 누나의 집에서 기력을 회복하는 듯 했다.

주인을 잃은 뒤 시름에 잠겨 있던 백구가 그나마 기운을 차리게 된 것은 한집에 살던 진돗개 검순이 때문이었다. 주인이 떠난 텅 빈 집에서 식음을 전폐하다 억지로 끌려온 백구를 본 검순이는 먹을 것을 나눠 주며 매일같이 백구의 곁을 지켰다. 착한 검순이를 아내로 맞아 암수 4쌍의 새끼들을 낳으며 백구는 '아빠'가 되자 스스로 몸을 추스르는 듯했다.

하지만, 그런 중에도 몇 번씩 줄을 끊고 자신의 옛집을 찾아 가며 아저씨에 대한 사랑을 잊지 못했던 백구… 그런 백구를 볼 때마다 떠난 동생이 떠올라 누나는 많이도 마음 아파했었다.

백구에 대한 소문이 퍼지자 진돗개 보육관리소에서 백구를 데려가기 위해 많은 애를 썼다. 진돗개 보육관리소는 순수 토종 혈통을 가진 진돗개들을 모아 우수한 혈통으로 발전시켜 가기 위해 마련된 곳이다. 진돗개들이 다른 종들과 섞여서 순수한 뿌리를 지키지 못하는 것을 염려해 정통성을 가진 진돗개를 보존하고 또 번식시키기 위해 영민하고 우수한 진돗개를 위탁 관리하는 곳인 셈이다.

백구의 모습을 몇 달째 지켜보고 보통 개가 아니라고 느낀 누나와 마을 사람들은 의논 끝에 백구를 진돗개 보육관리소에 맡기기로 결정했다. 아무래도 누나 혼자 감당하기에는 힘들었고, 또 좋은 뜻으로 길러지는 거라고 하니 망설일 이유가 없었다. 백구는 그곳에서 위탁 사육 중인 다른 100여 마리의 진돗개와 함께 생활하며 우수 혈통 보존을 위한 종견 역할을 할 것이라한다.

백구는 잘 지내고 있을까?

어쩌면 그곳에서도 백구는 아저씨에 대한 마음을 쉽게 거두
지 못하고 크고 맑은 눈망울이 촉촉이 젖어 들도록 먼 길 떠난
아저씨를 그리고 있을지도 모른다.

아마도 백구라면 꼭 그럴 것이다.

백구라면….

진짜 진돗개를 지켜라!

　　진돗개는 석기시대부터 기르던 개의 후예가 진도라는 섬의 특수환경에서 혈통과 야성을 순수하게 유지해 온 것으로 보여지고 있다. 한국 토종으로 풍산개와 함께 우리나라를 대표하는 명견이며 국견이기도 하다.

　　진도에는 대략 진도 인구와 비슷한 4만 마리의 진돗개가 있다. 시범사육장 4개와 60여개의 전문 사육장 외에 집집마다 진돗개 한두 마리를 키운다. 생후 3개월 이상된 진돗개는 반출이 금지되며, 3개월 이하라도 축협의 반출허가를 받아야 한다.

　　혈통이 제대로 보존된 것은 1만 2,000마리 정도이며, 그 중 6,600마리는 진도견 보육관리소가 진돗개 표준체형에 의거, 해마다 두 번 6개월 이상된 개를 대상으로 등록심사를 해 60점 이상을 받은 개들에게 전자칩을 달아 혈통보전을 꾀하고 있다.

하얀 천사, 흰멍이

엄마는 소리를 듣지 못했다.

큰 소리로 눈을 딱 마주치면서 입을 아주 크게 벌리면 대화를
할 수는 있었지만, 작은 소리들은 거의 듣지 못하는 청각 장애인
이다. 그래서 엄마는 산책을 참 좋아했다. 꽃이나 나무, 돌이며
사람들을 눈에 담아 두는 것이 엄마는 그렇게 즐거울 수가 없다
고 했다.

그러던 어느 날…

산책을 나갔던 엄마가 하얀색 털을 가진 주먹만한 새끼 강아
지를 데리고 오셨다.

그것은 기막힌 만남이었다.

눈도 제대로 뜨지 못하고 끙끙거리는 녀석에겐 동그랗고 맑은 눈에 쬐그만한 코와 입, 귀, 꼬리는 모두 다 있었지만, 이상하게도 앞다리가 없었다. 엄마는 앞다리 없는 하얀 발발이의 이름을 〈흰멍이〉라고 지었다.

엄마가 잘 듣지 못하는 것처럼 흰멍이도 앞다리가 없어서 잘 걷지 못하는 것뿐이니 조금도 무서워할 필요가 없다고 말해 주지 않았다면, 아이들은 흰멍이를 내다 버리자고 했을 것이다.

흰멍이가 가족이 되고부터 엄마의 일기장에는 온통 흰멍이 얘기뿐이었다.

산책하기 참 좋은 날씨였다.

아이들을 데리고 아파트 길을 걷고 있는데 벤치 밑에 티슈상자가 버려져 있었다.

아이들이 이상한 소리가 난다고 했다.

티슈상자를 열자 하얀색 솜털이 보송보송한 새끼 강아지가 얼굴을 삐죽이 내밀었다.

채 눈도 뜨지 못한 새끼 강아지인데 앞다리가 두 개 다 없는 기형이었다.

버려진 강아지였지만 우리를 만나기 위해 하늘에서 내려온 선물이라고 생각하기로 했다.

흰색 멍멍이… 하얀 천사, 흰 멍 이!

우리 가족이 지어 준 녀석의 이름이다.

잘 컸으면 좋겠다. 녀석이 스스로 포기하지 않도록 보살펴 줘야겠다.

집으로 들어온 흰멍이는 조금씩 기력을 찾기 시작했다. 한 발짝도 못 움직이는 녀석을 그 조그마한 티슈상자에 넣어 두었으니 몇날 며칠, 얼마나 무섭고 힘들었을까? 하지만, 앞다리가 없는 흰멍이에게는 살아가는 것 자체가 티슈상자 속에 들어 있던 날들보다 훨씬 더 힘에 겨운 날들이었다.

제 힘으로는 한 발짝도 걷지 못하는 흰멍이… 앞다리가 디딤축이 된 후에 뒷다리를 들어 땅을 짚어야 하는데 흰멍이는 불행하게도 애초부터 걸음을 시작할 방법이 없었다.

처음 흰멍이는 온몸을 동그랗게 말아서 데굴데굴 구르기만 했었다. 그런데 얼마간의 시간이 지나자 다행스럽게도 흰멍이는 조금씩 걷는 방법을 연습하고 있었다. 우선 턱과 가슴을 바닥에 대고 힘껏 앞으로 내민 다음 뒷다리를 끌어야 한다는 걸 혼자서 터득한 듯했다.

그럴 때면, 제대로 움직이지 못해서 얼굴과 가슴을 바닥에 찧는 일도 여러 번! 한 걸음 앞으로 나서다가도 다시 두 걸음 뒤로 물러나기도 했다. 곁에서 지켜보는 것조차 몹시 가슴 아픈 일이었다.

게다가 먹는 일도 어려웠다. 물 한 모금도 제 힘으로 넘기는 법이 없었다. 얼굴과 목, 가슴이 모두 땅에 붙어 있으니 물이라고 제대로 넘어가겠는가. 고개를 쳐들어서 주사기로 입에 넣어주지 않으면 먹이도 물도 스스로 넘길 수가 없었다. 그나마도 다시 식도로 넘어와 게워내는 일이 허다했다.

하지만 가족들은 먹어야 걸을 수 있다고 흰멍이를 응원했다. 포기하지 않고 조금씩 달라지는 녀석이 얼마나 대견스러웠던지….

2001년 8월 2일

흰멍이는 하루 종일 전쟁이다.

걷기 연습을 하면서부터 턱과 가슴에는 늘 상처투성이다.

온몸을 작은 턱과 가슴에 의지해 맨 바닥을 기어다니니 상처에 새 살이 돋기도 전에 또 짓무르기 일쑤다.

어제도 오늘도 먹은 것을 토했다.

등을 두드려 주고 몸을 흔들어 주기도 했지만 얼마나 도움이 될런지… 그나마 다행스러운 것은 녀석이 먹는 것과 걷는 것을 포기하지 않는다는 거다.

자그마한 녀석의 용기가 참 대단하다. 아플 텐데도 매일 하루에 몇 걸음씩은 더 걸을 수 있게 되니 말이다.

흰멍이의 몸집도 제법 커졌다. 주먹만 하던 녀석이 이젠 양손으로 들어야 할 정도로 커 버린 것이다. 하얗고 뽀얀 털은 여전했고, 눈 코 입도 동글동글한 게 보면 볼수록 예쁜 녀석이다.

이젠 턱과 가슴팍으로 밀면서 걷는 제 나름의 독특한 방법에 익숙해졌는지 제법 잘도 걷는다. 기분이 좋을 때면 폴짝폴짝 뛰기도 하고, 부엌에서 맛있는 걸 챙기고 있을 때면 거실에서 부엌까지 한 번에 쉬지도 않고 걸어온다.

게다가 요즘은 문턱을 넘기까지 한다. 문턱 앞에 설 때마다

“휴”하고 가는 한숨을 쉬는 흰멍이. 아마도 어떻게 넘을지 고민하는 거겠지…. 그리고 몸을 문턱에 쑥 뺀 다음… 뒷다리를 한 번에 문턱에 디디고 팔짝!

성공이다!

날이 갈수록 기운을 내는 기특한 녀석이었다. 누군가의 손길이 없으면 당장이라도 죽을 것 같았던 녀석이었는데, 모두 제 힘으로 앞에 놓인 고난과 장애를 하나씩 넘어가고 있지 않은가.

마치 앞에 놓인 문턱을 넘을 때 그러했듯 천천히 제 앞길을 혼자서 헤쳐 나가고 있었다. 그냥 곁에서 바라보고 있는 것만으로도 살아 있다는 걸 행복하고 감사하게 느끼도록 해주는 녀석이었다.

2001년 10월 17일

아이들이 물었다

“엄마, 우리는 크면서 팔도 자라고 다리도 길어지는데 왜 흰멍이 다리는 안 나오는 거지? 다른 데는 다 크는데 앞다리는 왜 안 나와? 그건 안 자라는 거야?”

나는 할 말이 없었다.

팔다리가 쑥쑥 자라듯 흰멍이의 앞다리도 어느 날 자고 일어나면 쑥하고 나와 있길 얼마나 바랬던가.

선천성 기형인 흰멍이에게 하느님이 앞다리를 만들어 줄 리가 없다.

다시 태어나면 또 모를까….

하지만, 하느님은 흰멍이에게 앞다리를 만들어 주는 대신, 앞다리 없이 살아갈 수 있는 희망과 용기를 만들어 주고 계셨다.

오늘도 하루 종일 걷는 연습으로 지쳐서 잠든 녀석을 꼭 껴안아 주었다.

흰멍아, 기운 내… 널 사랑하는 우리 가족이 있잖아.

흰멍이의 첫 외출이었다. 엄마가 흰멍이를 데리고 밖을 나섰다. 흰멍이가 집으로 온 후 처음 있는 일이었다.

사실, 흰멍이를 데리고 나간다고 생각하면 사람들의 시선이 여간 성가신게 아니었다. 또 집 안에 비하면 바깥엔 얼마나 위험한 것들 천지인가. 내내 미루어 왔던 일이었다. 앞다리는 없어서 다른 강아지들처럼 맘껏 뛰어놀 수는 없지만, 녀석도 맘속으로는 얼마나 바깥 공기가 그리웠을까?

걱정스럽긴 했지만 시도해 보기로 했다. 엄마는 사람들의 시선이나, 힘든 장애물 앞에 흰멍이를 놓아둘 생각이었다. 어차피

186

녀석이 겪어야 하는 일이었다.

사람들은 아파트 보도블럭을 걷는 흰멍이를 쳐다보며 저마다 한마디씩 했다

"쯔쯔..어쩌다 저렇게 됐누…."

"엄마야 다리가 없는 개가 있네. 뭐하러 데리고 나왔을까? 다치겠구만…."

하지만 엄마와 흰멍이는 사람들의 시선에 아랑곳하지 않았다. 오히려 힘을 내라며 엄마는 흰멍이를 응원했고, 흰멍이도 살갗이 벗겨지는 아픔을 견디며 서서히 보도블럭 위에서 걷기 시작했다.

흰멍이를 보며 엄마는 갑자기 소리가 들리지 않았던 때를 생각했다. 남들이 뭐라 하건 간에 엄마는 계속 다시 말해 달라고 했다. 조금 더 크게 말해 달라고 당당하게 이야기했었다. 장애를 보여 주는 것이 장애를 이기는 시작임을 엄마는 잘 알고 있었다.

사람들의 시선을 받으며 힘겹게 시멘트 바닥을 걷고 있는 흰멍이. 넘어지면서도 다시 자리를 잡고 천천히 걷는 흰멍이를 보는 것이 너무도 가슴 아픈 일이었지만, 엄마가 그랬듯 흰멍이도 꼭 가야만 하는 길이었다.

흰멍이를 병원에 데리고 갔다.

혹시나 하는 마음이었다.

사람한테도 의수나 의족이 있듯이 흰멍이에게도 다리를 만들어 줄 수 있지 않을까 해서였다.

흰멍이의 엑스레이를 찍은 의사의 표정은 어두웠다.

선천성 기형으로 이미 뼈가 더 이상 자랄 수 없게 되었고 딱딱하게 굳어 버렸단다.

의수나 의족도 어려울 거라고 한다. 앞다리에 남아 있는 뼈 부분이 움직여 줘야 새 다리가 기능을 할 수 있는데 흰멍이는 그것조차 힘들다는 얘기였다.

하지만, 흰멍이는 실망하지 않았다.

오히려 의사의 말이 끝나자 날 위로하려는 듯 뛰어올라 안기는 녀석이 얼마나 고마운지….

오는 길에 아이들과 흰멍이를 위한 파티를 준비했다.

산타할아버지가 흰멍이에게 다리를 선물해 주면 얼마나 좋을까?

메리 크리스마스 흰멍이!

크리스마스가 지났고, 하얀 천사 흰멍이의 털처럼 하얀 눈도 내렸다. 남은 뒷다리 힘을 길러 주기 위해서 가족들은 순번을 정해 흰멍이 안마를 해주었다. 그 덕분인지 소파 위도 폴짝 뛰어 올라오는 흰멍이… 이젠 가슴팍에 방석을 괴어 주면 스스로 밥을 챙겨 먹기까지 한다.

흰멍이가 차츰 살아가는 방법을 배워 갈 즈음, 반가운 소식이 들려왔다. 흰멍이에게 휠체어를 만들어 줄 수 있다는 전화였다. 엄마는 부리나케 흰멍이를 데리고 대구에 사는 양진주씨를 찾아갔다. 진주씨는 재활의학과를 다니는 학생이었는데 흰멍이 같은 장애견을 키우고 있었다. 쫑아라는 개였는데 흰멍이와는 반대로 뒷다리가 없었다. 쫑아는 진주씨의 설계대로 만들어진 바퀴 달린 휠체어를 타고 다른 개들처럼 신나게 뛰어놀고 있었다. 진주씨는 흰멍이를 보고 자신있다고 했다.

의족은 뼈가 움직여야 가능하지만 휠체어는 몸을 고정시키고 지지대를 다리처럼 만들어 놓은 다음 바퀴를 다는 것이므로 위험하지도 않고 잘 걸을 수 있다는 얘기였다. 휠체어 지지대는 다리가 되고, 바퀴는 발이 되어 준다는 것이다.

진주씨가 설계를 했고, 휠체어 만드는 업체에서 제작을 도와주었다.

날개를 새로 얻은 하얀 천사, 흰멍이

그리고 일주일 뒤…

흰멍이의 휠체어가 만들어졌다. 몸에 꼭 맞는 휠체어였다. 흰멍이에게 바퀴가 달린 새로운 다리가 쭉 뻗어나 있었다. 처음엔 중심을 잡지 못해 넘어지기도 하고, 겁을 먹어 움직이려고도 하지 않았던 흰멍이.

하지만, 가족들의 응원을 받은 흰멍이는 조금씩 조금씩 휠체어를 이용해서 앞으로 나가기 시작했다.

이젠 더 이상 턱과 가슴을 대지 않고도 걸을 수 있게 된 것이다.

늘 구부리고 있어서 얼만큼 컸는지도 몰랐는데, 휠체어를 달고 보니 불쑥 자란 것이 눈에 보였다. 엄마는 눈시울이 붉어졌다. 코끝이 찡해서 한참이고 수건을 대고 훌쩍거리고 있었다.

흰멍이가 멀리서 그런 엄마의 품으로 달려와 안겼다. 흰멍이는 들리지 않는 엄마의 귓가에 말하는 대신 가슴에 안겨 속삭이고 있었다.

고맙다고… 사랑한다고….

휠체어에 많이 적응한 녀석은 매일같이 놀러 다니느라 정신이 없다.

내일부터 큰 아이가 시험이라던데 흰멍이와 나가 노느라 공부는 뒷전이니 원….

처음 작은 티슈상자에서 나와 나를 보며 눈을 떴던 흰멍이.

그렇게 새 가족이 되었었다.

그리고 1년이 지나 완전하진 않지만 새로운 다리도 갖게 되었다.

어떤 사람들은 흰멍이가 새 가족을 잘 만나서 살았다며 참 운이 좋은 강아지라고도 하지만, 난 우리에게 흰멍이가 행운이었고 복덩이였다고 생각한다.

장애를 가진 것보다 그것을 이겨 내지 못하는 것이 얼마나 부끄러운 일인지 느꼈으며, 장애를 극복하는 일은 앞에 놓인 3cm의 문턱을 넘는 일에 불과하다는 것을 흰멍이를 만나고 깨달았기 때문이다.

살아 있는 것은 얼마나 아름다운가.

흰멍이의 한 걸음 한 걸음은 희망이었고 사랑이었다.

우린 그 소중한 사랑을 흰멍이를 만나고서야 알게 된 것이다.

흰멍아, 고맙다.

그리고 사랑한다.

세상에 아름답지 않은 건 아무것도 없다.
살아 있고 사랑 받고 있다면 그것으로도 충분히 아름답다.

흰멍이 이야기는 충북 충주시 용산동 김혜숙(39세)가 키우는 장애견 이야기

로, 김혜숙씨의 일기를 토대로 재구성한 것이다.

후각으로 기적을 만드는 개

　품종에 따라 차이가 있지만 개의 후각 능력은 인간보다 백만 배 정도 뛰어나다고 알려져 있다. 개보다 후각이 뛰어난 동물은 뱀장어뿐이다.

　프랑스나 이탈리아에서는 지하 30센티미터 지점에서 자라나고 있는 버섯을 찾아내는 데 개가 이용되고 있으며 네덜란드나 덴마크에서는 가스의 누출 지점을 탐지해 내는 데 이용되고 있다. 개의 후각은 최첨단 기술로 제작된 냄새 측정기보다도 감도가 뛰어나기 때문에 세계 곳곳에서 폭발물이나 마약 그리고 사람을 찾아내는 일에 큰 활약을 보이고 있다.

　개는 왜 이렇게 뛰어난 후각을 지녔을까? 개는 대뇌의 후각 중추가 사람보다 훨씬 크며 고도로 발달되어 있다. 코의 점막도 사람의 경우 약 3평방 센티미터인데 반해 평균 130평방 센티미터이며, 후각을 감지하는 세포가 사람은 5백만 개 정도인데 비해 닥스훈트는 1억2천5백만, 폭스 테리어는 1억4천7백만, 셰퍼드는 2억2천만 개를 가지고 있다.

　개는 사람이 지니고 있는 '냄새의 이미지'를 식별할 수 있으며 또 시간이 지나면서 냄새의 성분이 점차 증발해 버린다고 해도 이를 역으로 추적해 분별해 낼 수 있다.

　최고의 추적 기록견은 블러드하운드다. 남아프리카의 버트 크루거 경위가 훈련시킨 블러드하운드 종인 〈사우어〉는 1925년 160km를 추적해 가축 도둑을 붙잡았다.

　최고의 마약탐지견은 118건의 마약사범을 색출한 미국 세관의 명견 〈스내그〉. 제프 와이즈먼에게 훈련받아 같이 일하고 있는데 8억 1000만달러(약 9700억원/2002년)어치의 마약을 찾아냈다고 한다.

효자(孝子) 누렁이

백발이 성성한 할아버지가 거칠게 숨을 몰아쉬며 산을 내려오고 있었다. 얼마나 욕심을 내었는지, 등뒤에 짊어진 지게 위로 높이 쌓아 올려진 나뭇다발이 할아버지 키만큼이나 높았다.

짊어진 나무의 무게 때문인지 할아버지의 굽은 허리는 한껏 당겨진 활처럼 아예 동그랗게 되어 버렸고 이마의 주름은 더 깊이 패였다.

후들거리는 다리에 잔뜩 힘을 주고 산을 내려오는 할아버지는 아까부터 연신 뒤를 돌아보고 있었다. 자꾸 돌아보는 통에 걸음은 그만큼 늦어지고 있었다.

"누렁아, 할머니 잘 데리고 오느냐? 딴 짓 하느라 할머니 넘어지면 할애비한테 혼난다"

잔뜩 지게를 짊어지고 산을 내려오는 할아버지의 뒤를 백발의 머리를 곱게 쪽 찐 할머니가 따라왔다. 그리고 할머니보다 몇 발자국 앞서 누런색 개, 누렁이가 오고 있었다.

한눈에 보기에도 꽤나 영리하게 생긴 진돗개 누렁이와 할머니는 가늘게 잘 꼬아진 새끼줄로 연결되어 있었다. 누렁이는 할아버지의 말귀를 알아듣기라도 한 듯, 한눈 한 번 팔지 않고 길을 살펴가며 할머니를 앞장서 걷고 있었다.

칠순의 할아버지와 할머니 그리고 누렁이, 세 식구의 외출은 언제나 이렇게 조심스러운 모습이었다.

"걱정마시구 영감이나 조심해 가시우. 난 누렁이가 잘 데리고 가고 있으니…."

자꾸만 뒤를 돌아보며 채근하는 할아버지를 향해 웃음을 지어 보이는 할머니. 말을 할 때도, 웃을 때도 할머니의 두 눈은 꼭 감겨져 있었다.

할머니는 젊은 시절 백내장에 걸려 제대로 수술 한 번 받지 못하고 두 눈을 잃어버렸다. 한치 앞도 보지 못하고, 빛조차 구별할 수 없는 장님이 된 할머니는 늘 이렇게 할아버지와 진돗개 누렁이의 도움을 받고 살아야 했다.

마침 이날도 곧 닥쳐올 추위를 대비하기 위해 할아버지가 부지런히 산에서 나무를 짊어져 나르는 일을 하고 있던 참이었다. 할머니 역시, 적적하기도 하고 늙은 나이에 아직도 등에 땔감을 져 나르는 할아버지에게 미안하기도 하여 함께 길을 나선 것이다. 그렇게 할아버지와 할머니가 밖을 나설 때 제일 믿음직스런 녀석이 바로 누렁이였다. 제대로 가르친 적도 없건만 누렁이는 훈련받은 맹인 안내견 못지 않은 녀석이었다.

할아버지와 할머니에게는 자식이 없었다. 혹시나 장애가 되물림되지 않을까 하여 할머니가 부득불 아이 낳는 것을 마다하셨기 때문이다. 그런 할아버지 할머니에게 새끼때부터 데려다 키운 누렁이는 친자식이나 다름없었다. 먹고 자는 일부터, 조금이라도 거동을 할 때면 늘 곁에 데리고 다닐 정도였다. 가난하지만 할아버지는 앞을 못 보는 할머니를 몹시 아껴 주었고, 누렁이는 그런 노부부의 곁을 든든하게 지켜 주고 있었다.

겨울이 가고 다시 여름이 가고, 그렇게 여러 해가 흘렀다. 벌써 며칠째, 할아버지의 기침소리가 하루 종일 끊이질 않았다. 아무것도 볼 수 없는 할머니는 그저 할아버지의 곁에서 연신 울고만 있을 뿐이었다. 방문 앞에 앉아 있는 누렁이도 어찌할 바를 모르긴 마찬가지였다. 왕진 온 의사도 누렁이의 머리만 쓰다듬을 뿐 별 말 없이 돌아가 버렸다.

그리고 잠시 후, 할아버지의 기침 소리가 뚝 그쳤고, 이내 할머니의 울음소리가 터져 나왔다.

마을 사람들은 홀로 남은 맹인 할머니를 대신해서 할아버지의 장례를 치러 주었다.

"고맙네… 고마워."

꼭 감은 두 눈 사이로 눈물을 흘리는 할머니는 사람들에게 고맙다는 말뿐 아무런 말도 할 수 없었다.

누렁이의 안내를 받아 할아버지의 묘지까지 다녀온 할머니는 방으로 들어갔다. 그리고 며칠이 지나도록 할머니와 누렁이는 밖을 나서는 일이 없었다.

꽤 오랜 시간이 흘렀다. 어느 날인가, 누렁이가 어느 집 마당에 나타났다. 입에 밥그릇을 문 채로 집 안에 들어선 누런색 진돗개. 할머니 집에 있던 그 누렁이 녀석이 분명했다. 마침 부엌에서 일을 하고 있던 아주머니가 누렁이에게 말을 건넸다.

"어머나 누렁이네. 할머니는 어쩌고 혼자 나왔누? 할머니는 잘 계시지? 들러 본다고 하고는 사는 게 바빠 신경을 쓰지 못했구나.”

누렁이는 괜찮다는 듯 꼬리를 살랑거렸다. 그리고는 천천히 입에 물었던 밥그릇을 부엌 앞에 놓더니 두어 걸음 물러서 꼬리를 내리고 가만히 앉는 것이 아닌가. 그저 밥그릇만 얌전히 바라보고 있는 녀석은 등에 혹이라도 난 것처럼 뼈가 톡 튀어나와 있었고 얼굴이며 다리도 몰라보게 야위어 있었다.

“에이구… 할아버지 돌아가시고 밥도 제때 못 얻어먹었나 보네. 앞도 못 보는 할머니가 개밥을 챙겨 주셨을 리가 없지. 개가 엄청 말랐네… 쯔쯔 불쌍해라.”

아주머니는 부엌에서 밥이며 국물이며 이것저것 챙겨 밥그릇 속에 부어 주었다.

가지고 온 빈 그릇에 하나 가득 음식이 차오르자 누렁이는 그제서야 자리에서 일어났다. 감사 인사라도 하듯 꼬리를 흔들며 “멍멍” 짖고는 조심조심 밥그릇을 물고 발걸음을 돌려 재빨리 자기 집으로 가 버렸다.

녀석은 그렇게 며칠을 마을을 돌아다니며 같은 행동을 하고 있었다. 한 집에서 얻어먹기가 미안했는지 마을 곳곳에 안면이

있는 곳을 찾아다니며 꼭 하루에 한 번씩은 밥그릇을 가지고 나
타났다. 꽤나 영리하고 착한 녀석이었다. 마을 사람들은 이제
모이면 누렁이 얘기뿐이었다.

"어제는 우리 집에 왔었는데 오늘은 형님 댁에 갔나 봐요."

"개가 얼마나 착하고 영리한지 몰라… 그렇게라도 지 살길을
찾아야지."

"그럼요, 앞 못 보는 할머니가 개를 어떻게 건사하겠어요. 어
디 좋은 집에다 팔아야 되는 거 아닌지 몰라 쯧쯧…"

누렁이를 불쌍하게 생각하기 시작한 사람들은 당장이라도
녀석을 다른 집에 맡길 기세였다. 혼자 몸 건사하기도 힘든 장님
할머니에게 누렁이는 아무래도 버거운 존재일 수밖에 없다는게
중론이었다. 사람들은 말이 나온 김에 할머니의 생각을 들어 보
자며 자리를 털고 일어났다.

덩그마니 외따로 있는 허름한 집, 어린아이 키쯤 되어 보이는
낮은 담이 쳐져 있고 대문은 살짝 열려져 있었다. 낮은 담 너머
로 마루에 나와 앉아 있는 할머니가 보였다. 언제나 정갈하던 할
머니의 머리는 많이 헝크러져 있었고, 기침소리는 낮은 담을 타
고 바깥으로 새어 나올 정도로 심했다.

"할머…"

할머니를 부르려던 사람들은 갑자기 말을 멈추고 말았다. 그리고 한참을 그 자리에 서서 꼼짝도 할 수가 없었다. 자기 눈을 의심하며 담 너머를 그저 바라보고만 있어야 했다.

두 눈을 꼭 감은 채로 한 번씩 기침을 할 때면 작은 몸을 덜덜 떠는 할머니 곁으로 다가간 건 누렁이였다. 누군가의 집에서 얻어 온 것이 분명한 밥그릇을 입에 물고서 다가간 누렁이.

할머니의 앞에 고슬고슬한 밥이 가득찬 밥그릇을 올려놓고서는 천천히 할머니의 소맷자락을 무는 것이 아닌가.

"끄응… 끙…"

누렁이는 계속 할머니의 소맷자락을 밥그릇에 갖다 대고 있었다.

소맷자락을 끄는 녀석의 눈길은 간절하기만 했다.

결국 할머니는 누렁이의 뜻을 알아차리고 밥그릇에 손을 댔다. 수저도 없이 손으로 밥을 떠서 입에 가져가는 할머니. 누렁이는 그 곁에 발을 모으고 앉아 하염없이 할머니를 바라보고 있었다. 절반쯤이나 먹었을까… 할머니는 남은 밥그릇을 누렁이에게 밀어 주었고, 그제서야 누렁이는 허겁지겁 먹기 시작했다.

쩝쩝거리며 밥을 먹는 누렁이의 머리를 쓰다듬어 주는 할머니… 할머니의 꼭 감은 두 눈 사이로 자꾸만 자꾸만 눈물이 흐르고 있었다. 평생을 할아버지의 수발로 살아오신 할머니였는데, 할아버지가 돌아가시고는 아무것도 드시지 못했었구나! 평생을 어둡게 살아온 할머니에게 이때만큼 앞이 캄캄하고 막막했던 적이 또 있었을까. 그런 할머니에게 살 길을 열어 보인 건 누렁이였다. 앞 못 보는 할머니의 보살핌을 받지 못해 불쌍하다고 생각했던 누렁이가, 되려 앞 못 보는 할머니를 제 나름의 방법으로 살뜰하게 보살펴 드리고 있었던 것이다. 사정을 알고 있는 마을 사람들도 생각지 못한 일을 누렁이가 하고 있었다니….

말없이 이 모습을 지켜보던 사람들의 눈시울도 붉어지기 시작했다.

앞을 보지 못하는 할머니를 위해 매일같이 구걸을 나서는 마음 착한 개 누렁이. 누렁이는 할머니 걱정으로 눈을 감지 못하고 돌아가신 할아버지의 뜻을 알기라도 하듯, 홀로된 할머니의 막막함을 헤아리기라도 하듯, 제 밥그릇을 물고 하루 종일 발품을 팔아 할머니를 돌보고 있었다. 자식처럼 키워 준 할아버지와 할머니의 은혜를 누렁이는 그렇게 갚고 있었던 것이다.

　기르고 보살펴 준 마음을 헤아리고 정성으로 어버이를 모시는 것이 효자라면, 그 어떤 효심에 누렁이 녀석의 마음을 비할수 있을까….

　전남 순천에 전해 내려오는 〈효자개〉 이야기를 재구성한 것이다.

동물 올림픽이 열린다면?

달리기 | 그레이하운드Greyhound는 시속 약 60~70km(보통은 40~50 km/h)까지 속력을 낼 수 있어서 웬만한 들짐승은 쉽게 사냥할 수 있다. 영국 등지에서는 16세기부터 그레이하운드 경주가 전통으로 내려올 정도.

높이뛰기 | 평균 2m의 점프력을 자랑하는 사이트하운드. 다만 학습 능력이 떨어지고 훈련시키기가 어려운 것이 흠이다. 그래서 실제로는 독일 세퍼드가 금메달감이다. 1980년 3월 18일 짐바브웨 치쿠루비 교도소에서 3.48m의 판자벽을 뛰어넘은 세퍼드 〈맥스〉가 영광의 기록보유견.

멀리뛰기 | 평균 5.5m를 뛰는 사이트하운드가 최고지만 역시 훈련을 시킬 수가 없다는 이유로 실격.
토끼몰이 중 1.4m 담장을 넘어 9m가 넘는 도로변을 건너뛴 〈뱅〉이라는 그레이하운드가 기록을 보유하고 있다.

수영 | 영국 해협 33.6km를 헤엄친 뉴펀들랜드가 은메달, 금메달은 〈네튠〉이라는 역시 뉴펀들랜드 종으로 주인이 탄 배까지 80km를 헤엄쳤다고.

힘자랑 | 영국산 세인트버나드 〈라이예 브랜디베어〉는 1978년 7월 21일 무려 2905kg을 철도 레일 위에서 끌었다.

희망이

김복순(1985년 당시 75세)할머니는 서울 서대문구 홍제동의 산꼭대기 달동네에서 살았다. 20대 초반에 시집을 와서 평생을 거기에서 살았으니 토박이나 다름없었다. 할머니는 그곳에서 '희망이'를 만났다.

희망이는 삽살개였다. 시장에서 같이 일하는 아주머니가 시골에 다녀오면서 가져다준 녀석이었다. 힘든 노점상으로 살아오는 외로운 할머니에게 동무를 만들어 주려고 했다는 말과 함께….

할머니의 꽃다운 시절에 만난, 마음씨가 너그럽던 남편은 무정하게도 일찍 세상을 떠났다. 슬하에 아들 둘이 있었는데, 하나는 교도소를 제집보다 더 익숙하게 드나드는 망나니였고 작은 녀석은 공부 잘하고 바르다 싶었더니, 취직하고 결혼까지 하자 냉큼 분가를 해버려 도통 얼굴 구경 하기가 어려웠다. 아쉬운 것이 있어야만 찾아오는 두 아들 녀석 때문에 꽃피는 계절이건 무더운 여름이건 마음은 언제나 겨울처럼 시리던 할머니였다.

늘 우울함을 안고 살던 할머니를 삽살개는 처음 볼 때부터 유난히 초롱한 눈을 빛내며 바라보고 있었다. 녀석의 눈에는 장난기가 빼곡히 들어차 있었고 맑았다. 처음부터 자신에게 살갑게 대하는 모습이 두 아들이 천진난만한 어린아이였을 때처럼 귀여웠다.

"형님 인상 좀 풀라구요. 이마에 내천자가 딱 그려져 있네. 오던 복도 '아이구, 무시라…' 하면서 도망간다니까요. 이 삽살개 녀석이 사람 웃기는 재주가 많으니까 형님 웃고 사시라고 드리는 거우."

희망이를 가져다준 여자의 말처럼 할머니는 희망이를 기르고부터 웃음이 많아졌다. 흰털이 북실북실해서 통통한 모습으로 혀를 조금 내밀고 헤헤 웃는 듯한 모습이 해맑아 할머니는 미소를 지을 수밖에 없었다. 머리를 쓰다듬어 주자 녀석은 꼬리까지 흔들며 할머니한테 냉큼 안겨 왔다.

"이 녀석이 개가 아니구 여우야 여우. 새 주인인줄 어찌 알고 바로 안겨. 이런 새침한 놈."

할머니는 그렇게 희망이를 만났다. 희망이라는 이름도 어린 시절의 작은 아들에게 지어 준 별명이었다.

희망이는 재주가 많았다. 음악이 나오면 앞다리를 들고 춤을 추어 보이기도 했고, 할머니가 밥을 못 먹고 있으면 옆에서 할머니 엉덩이를 툭툭 밀며 밥 먹으라는 듯 부엌으로 내몰기도 했다. 멍하니 먼 산을 보고 있으면 앞에서 데굴데굴 구르기도 하고 같이 놀자고 치맛자락을 당기기도 했다. 화장실에라도 가면 그 앞까지 와서 가만히 기다려 주었고, 새벽이나 밤이나 고단한 몸이 외롭지 않도록 앞장서며 시름을 달래 주었다.

그런 희망이의 이름 때문이었을까, 정성 때문이었을까? 할머니의 얼굴은 점점 밝아졌고, 더불어 장사도 제법 잘되어 갔다. 몇 달이 지나서 노점을 정리하고 시장 안에 자그마한 생선가게까지 차릴 수 있게 되었다. 단골손님도 늘어났고 무뚝뚝하던 할머니가 농담도 많아졌다.

생선가게에서 파리까지 쫓아내 주는 희망이 때문에 할머니는 힘든 장사일도 거뜬히 견딜 수 있었다.

그러던 어느 날, 할머니는 작은 아들이 벌인 사업이 부도가 났다는 소식을 들었다. 큰 아들은 죄에 죄를 더해 교도소에서 나올 날을 기약할 수가 없었다.

근심이 너무 지나쳤던 것일까. 할머니는 그만 몸져 누워 버렸고 병원에 입원까지 하게 되었다. 할머니는 구급차를 타고 오는 동안에도 그저 희망이가 걱정이었다. 이웃 가게의 주인으로부터 희망이를 잘 돌봐 주겠다는 약속을 받아 내고서야 병원으로 갈 수 있었다.

그런 와중에 홍제동 할머니의 집에 철거명령이 내려졌다. 집 쪽으로 소방도로가 난다는 것이었다. 할머니는 할 수 없이 집을 옮겨야 했다. 생전 나타나지도 않던 작은 아들은 이때다 싶었는지 집을 옮기면서 '가게도 정리하자, 어머니 아프신데 장사는 무슨 장사냐, 내가 잘 모시겠다.' 고 애걸복걸을 했다.

할머니는 작은 아들의 말을 들어주기로 했다. 어차피 더 이상은 몸이 아파 장사를 계속할 수 없을 것 같아서였다.

"희망이는 꼭 데리고 가서 잘 돌봐야 한다. 희망이 그 녀석이 그동안 많이 외로웠을 텐데."

아들은 걱정말라고 했고, 이사를 하고 3일 뒤 예전 집은 철거가 되었다. 일주일 후 할머니는 아들의 집으로 퇴원을 했다. 그런데 자신을 반갑게 맞아 주어야 할 희망이가 보이지 않았다.

"그 녀석이 이상하게 따라오려고 하지 않더라구요. 이삿짐 실은 트럭 뒤에 묶어 놨는데 출발할 때 보니까 줄까지 끊고 도망을 갔잖아요."

왜 그랬을까? 혹시 내가 없어서 그런 것은 아닐까. 내일은 홍제동을 가 봐야 하지 않을까 싶었다.

밖에는 억수같이 비가 내리고 있었다. 천둥과 번개가 치면서 요동을 하는 하늘을 보며 할머니는 희망이 걱정으로 잠을 이루지 못했다. 희망이가 어떤 개인가? 평생을 살아오는 동안 웃었던 웃음보다 더 많은 웃음을 내게 주었던 녀석, 이름처럼 내게는 희망이 되어 주었던 녀석인데 이 비에 괜찮을런지….

다음 날 할머니는 아픈 몸으로 홍제동 가는 버스에 올랐다. 아직 움직이면 안 된다는 작은 아들과 며느리의 손길을 뿌리쳤다.

홍제동에 도착했을 때 예전에 살던 집 바로 아랫집 여자가 할머니를 보자마자 달려왔다.

"아니, 오시려면 진작 오시지."

여자는 혀를 차며 눈에는 눈물까지 글썽였다. 무슨 일인가 하는 할머니를 보면서 여자는 그동안의 일을 설명해 주었다.

할머니가 병원에 입원하고서도 희망이는 꼭 하루 두 번씩 셔터가 내려진 생선가게로 가서 순찰하듯이 돌다가 집으로 와서

문간에 앉아 있었다. 할머니를 기다리는 듯했다.

이사 가던 날은, 희망이가 무척 불안해했다. 트럭 위에서도 계속 우는 듯했다. 트럭이 출발하려 하자 희망이는 어쩔 줄을 모르더니 줄을 끊고 도망을 쳤다. 그리고 한밤중에 빈집으로 돌아와 할머니가 앉았던 안방 그 자리에만 있었다.

철거는 힘들었다. 희망이가 어찌나 거세게 막아섰는지 일꾼들이 이만저만 고생을 한 것이 아니었다. 다른 집보다 훨씬 많은 시간이 걸렸던 철거작업이 끝났을 때는 희망이나 일꾼들 모두 기진맥진했을 정도였다.

철거가 된 빈 집터에서 희망이는 쉴 새 없이 울었다. 나중에는 목이 쉬어서 거의 숨이 넘어갈 지경이었지만 멈추지 않았다. 동네 사람들은, 특히 아랫집 식구들은 잠을 이루지 못했다. 먹지도 자지도 않고 목이 쉬도록 우는 희망이의 건강도 걱정이었다. 사람들이 다가가서 데리고 나오려고 할수록 희망이는 점점 예민해졌다. 아랫집 여자가 여기저기 할머니네 이사 간 집을 수소문했지만 알 길이 없었다.

어젯밤이었다. 밤새 천둥과 번개가 치며 하늘에서 쏟아 붓듯이 비가 내리는데도 희망이는 혼자서 울고만 있었다. 그러다가

새벽녘이었는데 한 3시쯤 되었을까, 갑자기 희망이의 울음소리
가 뚝 끊기더라는 것이다.

"그때 희망이가 죽었나 봐요."

할머니가 빈집으로 들어가자, 철거된 쓰레기더미 제일 위에 희망이가 누워 있었다. 말이 희망이지 그냥 보았더라면 알아볼 수조차 없을 정도로 처참한 모습이었다.

예전처럼 윤기 흐르던 흰털도 아니었고 총명한 눈도 감겨진 상태였다. 통통한 몸도 알아볼 수 없을 정도로 말랐는데, 얼핏 보면 개그림을 그려 놓은 두꺼운 종이가 얹혀져 있는 것이 아닌가 싶었다.

가까이 다가가자 그렇게 처참해진 희망이의 몸 바로 밑에 종이 한 장이 삐죽 나와 있었다. 할머니는 그만 그 자리에서 덜썩 주저앉고 말았다.

그것은,

할머니의 사진이었다.

어디에서 찾았을까. 희망이는 낡은 사진 위에서 할머니를 애타게 기다리다가 죽었던 것이다.

할머니는 오래도록 울었다. 희망이처럼 목이 쉬도록 울고 또 울었다. 사람들이 달려와 위로했지만 할머니 역시 희망이 옆을 떠날 수가 없었다.

"내가 왜 그리 무심했을까. 이 녀석이 어떤 개인데. 내가 왜 그리 무심했을까?"

할머니는 동네 사람들과 함께 희망이를 동네 뒷산 양지바른

곳에 곱게 묻어 주었다. 자신의 사진과 함께…

"개는 한 번 마음을 주면 도통 거둘 줄을 모르는 짐승이야. 배신도 많고 속이는 것도 많은 사람들 세상과는 딴판이지. 어쩌면 나는 나 자신보다도 희망이를 더 믿고 의지했었는데, 그런데 그 녀석을 내가 죽인 것이나 다름없으니…. 세상에 죄를 하나 더 짓고 가는 게야."

김복순 할머니는 이 말을 곱씹듯이 아주 여러 번 했다.

"희망이가 죽기 전날, 비가 많이 온다고 그냥 걱정만 하지 말고 빈집에 가 보았더라면 희망이를 살렸겠지? 내 저승에 가서 희망이를 만나면 뭐라 변명하누."

희망이에 대한 소중한 추억을 작가에게 말해 준 그 이듬해, 할머니는 돌아가셨다. 저승에 가서 희망이를 만났을까? 할머니께서 걱정하던 그런 원망의 소리를 듣지는 않았을 것이다.

지금도 비바람이 몰아치고 천둥번개만 치면 희망이의 짖는 소리가 들려오는 듯하다.

아직도 여기서 기다리고 있다고….

그러니까 어서 돌아와 달라고….

나라를 대표하는 국견(國犬)

● 진돗개 – 대한민국

천연기념물 제 53호로 지정된 우리 나라의 대표적인 국견인 진돗개는 전라남도 진도 산 토종견이다.

일제시대에는 만주사변에 참전한 군인들의 동상을 방지할 모피를 얻기 위한 일본인들의 만행으로 멸종의 위기에 몰렸으나, 진도라는 섬의 특성상 외부와의 교통이 원활하지 않아서 위기를 모면했다. 현재는 문화재관리법과 한국진도견보호육성법(1967년 1월 16일 공포)에 따라 보호 육성되고 있으며 1995년에는 국제보호육성동물로 공인 지정되었다.

● 피니쉬 스피츠(Finnish Spitz) – 핀란드

핀란드 태생의 오래된 북방견 피니쉬 스피츠는 황금빛이 도는 붉은 털을 가졌으며, 이 나라의 애국적인 노래들에서도 자주 언급되고 있다. 희생적인 충성심과 용기가 대단하다. 핀란드에서는 이 개들이 참가하는 사냥대회가 자주 개최되며 그 어떤 피니쉬 스피츠도 사냥대회에서 우승하지 않고는 견종 챔피언이 될 수 없다.

● 캐리 블루 테리어(Kerry Blue Terrier) – 아일랜드

19세기 초에 아일랜드의 캐리주 트러리시 부근의 농원에서 목양견 또는 가축을 지키는 개로 사육된 캐리 블루 테리어는 아일랜드의 국견이다. 고향 캐리주의 이름을 차용했으며 영리하고 순종적이며 투쟁심이 강하다. 부드럽고 아름다운 블루와 웨이브의 약간 긴 털에 싸여 있다. 1922년 도그 쇼에 출전하여 같은 해 공인 견종이 되었다. 현재는 엷은 먹색의 특이한 털색으로 인하여 세계 여러 나라에서 애호가가 많으며 가정견으로 사육되고 있다.

● 그레이트 데인(great dane) - 독일

조상은 시저의 로마군에 배속됐던 마스티프 타입의 군용견. 후손이 유럽 귀족들에 의해 사냥개로 쓰여지며 개량을 거듭, 현재와 같이 우수한 품종으로 발전됐다. 16세기경부터 독일에서 멧돼지 사냥에 이용되었다. 근육이 군살 없이 발달되었고 털은 아주 짧고 광택이 있으므로 기품이 우아하고 아름다움마저 느끼게 한다. 독일에서는 세퍼드와 함께 국견으로 되어있고, 〈도이체 도게〉라는 이름으로 통용되고 있다.

● 아키다(Akida) - 일본

고대국가 시대에 곰이나 멧돼지도 사냥을 하던 개. 당시 귀족계급만이 소유할 수 있었으며 수영 실력도 뛰어나다. 일본 중세 때 혼슈 지방 아키다 현의 사캐다 번주가 무사들에게 상무 전통을 기르고자 이 개를 투견으로 사용하면서 알려지기 시작했다. 전람회에서 수상을 한 개는 정부에서 보조금을 줄 정도로 국가적인 후원을 받고 있는 개다. 이 견종의 조상은 진돗개의 피가 섞였을 것으로 많은 애견인들은 추측하고 있다.

● 불독(Bull Dog) - 영국

오랜 세월 소몰이 개였기 때문에 영국에서는 황소와 싸우는 개로 유명했다. 19세기 중반, 멸종을 우려한 영국 정부에서 황소와의 싸움을 법으로 금지시켰다. 특히 어린이들에게 온순하며 부드러운 성격과 그 독특한 모습으로 인해 매우 인기가 높다.

● 차우차우 - 중국

B.C 1000년 전부터 중국에서 키웠으며 주로 절에서 악령들을 몰아 내기 위한 상징용으로 사육되었다. 찌푸린 얼굴과 위협적인 표정이 악령을 쫓는데 적당해 보였기 때문이라고. 애완견으로 대중화된 것은 18세기 유럽에서부터이다.

● 푸들 - 프랑스

루이 16세 시대부터 귀족들의 사랑을 받았다. 푸들이라는 이름은 노를 젓는다는 의미의 독일어 '푸데룬(Padeln)'에서 유래하는데 물가에서 오리를 사냥하던 견종이 조상이라고 한다. '가장 총명한 개'로 꼽힐 만큼 눈치 빠르고 영리하다.

● 세인트 버나드(Saint Bernard) - 스위스

알프스의 추운 날씨를 이겨 낼 수 있도록 크고 긴 털을 가진 모습으로 개량되었는데 주로 산악 인명구조견으로 활약하고 있다. 〈플란다스의 개〉와 영화〈베토벤〉의 주인공이기도 했던 개이다.

● 풍산개 - 북한

1965년 북한에서 천연기념물 35호로 지정 보호중이다. 북방견으로 흔히들 '호랑이도 잡는' 맹수 수렵견으로 알려져 있다.

● 엘크하운드 - 노르웨이

유사시 군수물자 수송용으로 징발할 수 있는 권한을 노르웨이 국방장관이 갖고 있을 정도로 노르웨이에서는 중요한 개다. 이 개는 의사를 전달하기 위해 다양한 소리를 낼 수 있고, 추위에 강하며 용감하다.

돌이의 거꾸로 본 세상

대구 비산동 어느 주택가. 골목에는 아이들이 구름떼처럼 몰려 있었다. 뭔가를 보면서 녀석들은 한참 신이 나 있었다.

"와… 개가 물구나무를 다 선다. 잘한다 잘한다"

"봐라! 빙빙빙 돌기도 하지? 너 딱지 5개 빨리 내놔라"

"한 번 더! 한 번 더! 물구나무 한 번 더 서 봐, 멍멍아."

아이들 사이엔 자그마한 강아지가 한 마리 있었다. 황토빛이 선명한 누런색 발발이였다.

정말 아이들의 말처럼 강아지는 뒷다리를 높이 치켜들고 앞다리 두 개로만 거꾸로 서 있었다. 신기하게도 녀석은 뒷다리 두 개를 세우고 앞다리만으로 걷기도 하고 빙글빙글 돌기도 했다.
물구나무... 딱 그 모습이었다.

재주가 많은 녀석인가 보다 했다.

그런데, 신기하고 재미있어하는 아이들 뒤쪽에서 연신 담배를 피워 대고 있는 늙은 할아버지 한 분이 서 있었다. 할아버지는 아까부터 이 모습을 보며 한숨을 내쉬기만 했다.

"그만하고 집에들 가라. 할아버지 돌이 데리고 갈란다"

할아버지의 표정이 워낙 무거웠던지라 아이들은 투정도 부리지 못했다. 서둘러 물구나무서는 재주 많은 강아지 곁을 하나 둘씩 떠나기 시작했다.

"돌이야 가자."

돌이가 이 녀석의 이름인 모양이다. 할아버지가 앞장서자 돌이는 기다렸다는 듯 다시 두 다리를 하늘 높이 세우고는 역시나 물구나무를 서는 자세로 콩콩거리며 뒤를 따르기 시작했다. 녀석이 잘 따라오고 있는지 뒤를 돌아보며 가여운 듯 바라보는 할아버지의 눈길은 쓸쓸하기까지 했다. 이내 잘 따라오던 녀석을 가슴에 안더니 천천히 걷기 시작했다. 돌이도 할아버지의 품이 편한지 안기자마자 살포시 눈을 감았다.

"일년 전에 잃어버렸는데... 이 꼴로 돌아왔더구만. 다리가 어떻게 됐는지 땅에 디뎌지질 않아...이렇게 하고서 내 집을 찾아왔던 거야…"

그러니까 1년 전…

할아버지는 할머니와 단둘이 비산동 주택가 골목에 있는 허름한 집에 살고 있었다. 막내 아들이 장가를 가면서 분가하게 되자 적적해하는 노부부에게 선물한 녀석이 발발이 돌이었다.

쓸쓸한 노부부에게 돌이는 자식 같고 손주 같은 녀석이었다.

그때까지만 해도 돌이는 네 다리를 우뚝 세우고 온 사방을 뛰어다니던 건강한 녀석이었다

돌이는 시장 여기저기에서 박스며 병을 주워 나르는 할아버지의 리어카를 곧잘 따라다니며 일손을 거드는 착한 녀석이었다. 딱히 돌이가 할 일은 없었지만 제 몸보다 큰 박스를 낑낑거리고 물어 오기도 했고, 할아버지가 기분이 좋아 약주 한 잔 걸치면 리어카를 앞장서며 길을 안내하기도 했다. 할아버지 역시 그런 돌이가 기특하고 예뻐서, 안면 있는 가겟집에서 뼈다귀나 고기 몇 점을 얻어 와서는 할머니 몰래 주곤 했다. 할아버지의 특별한 선심에 무척이나 행복해하던 녀석이었다. 가난하지만

할아버지 할머니와 돌이는 끈끈한 정을 느끼며 작은 행복을 누
릴 수 있었다.

어느 날 아침이었다.

전날 과음을 한 터라 몸이 찌뿌둥해진 할아버지는 모자를 쓰
고 운동복을 걸쳐 입었다. 마을 뒷산에 올라갈 생각이었다.

대문을 삐걱⋯ 열자 어떻게 알았는지 돌이가 후다닥 달려나
왔다. 할아버지가 엉덩이만 들썩해도 먼저 앞장서는 돌이가 아
니었던가.

비산동 뒷산은 꽤 높은 산이었다. 목줄을 묶지 않고는 돌이를
데려가지 않는 곳인데 그날은 돌이가 하도 수선을 떠는 바람에
목줄을 깜박 잊었다. 할아버지는 돌이와 앞서거니 뒤서거니 산
을 오르고 있었다. 그런데⋯ 이상한 일이었다.

"돌이야⋯ 이리 온나⋯ 돌이야⋯ 할애비 여기 있다⋯ 쭈쭈쭈
돌아!"

뒤따라와야 하는 녀석이 보이질 않았다. 산길 어딘가에서부
터 길이 엇갈린 모양이었다. 해가 중천에 뜰 때까지 할아버지는
온 산을 헤맸지만 돌이는 온데간데없었다. 잠깐 사이에 돌이를
잃어버린 것이었다.

괜시리 집 안에 두고 온 목줄만 자꾸 떠올랐다.

해가 뉘엿뉘엿해져서야 집으로 돌아온 할아버지와 할머니는
그날 저녁도 굶은 채, 방문 앞에 가만히 앉아 있기만 했다.
　"어떻게 하면 이 녀석을 찾을 수 있을까?"

　며칠 동안을 온 동네를 뒤지며 아이며 어른들에게 누런색 발
발이가 보이거든 연락을 달라며 돌이를 찾아 나섰다. 지나가다
가 돌이를 닮은 개만 봐도 "돌이야…" 하면서 달려가 한참을 쳐
다보기도 했다. 그러나 영 찾을 수 없었다.

　할아버지와 할머니 마음 한 구석에 깊숙이 자리 잡고 있던 돌
이….
　그렇게 1년이 흘렀다. 어느 늦은 밤, 갑자기 고함을 치며 잠을
깬 할아버지 때문에 할머니도 덩달아 놀라 부스스 눈을 떴다.
　"나쁜 꿈을 꿨수?"
　"돌이를 봤어. 피투성이가 돼서 집 앞에 있더구만… 피가 몹
시 흐르고 아파서 눈물도 흐르고…당신도 울고 나도 울고…."
　"아유… 끔찍한 소리 좀 하지 말아요. 어서 잡시다"

　하지만 할아버지는 도통 다시 잠을 이룰 수가 없었다. 할머
니의 곤한 잠을 깨울까 담배 한 개피를 물고 마당으로 나가 담

배 연기를 두어 모금 빨아들이던 할아버지는 이상한 기척을 느꼈다.

"끄응… 끄응… 끙…."

대문 밖에서 들리는 소리였다. 천천히 발길을 옮기자 소리가 더욱 선명해졌다.

혹시…

대문을 열어젖힌 순간! 할아버지는 두 눈을 의심할 수밖에 없었다.

돌이가 돌아온 것이다.

1년 전 산길에서 잃어버린 돌이가 거짓말처럼 다시 집으로 돌아왔다.

"아이구… 이 녀석. 어디 갔다 이제 왔니…."

기다리는 마음을 알기라도 하듯, 제 집으로 다시 찾아온 돌이가 너무도 반갑고 고마워서 할아버지는 돌이를 번쩍 안아 주었다.

그런데…

돌이의 뒷다리가 이상했다. 아무 힘도 없이 덜렁거리고 있었다. 두 다리가 부러져서 아예 흐물거리고 있었다. 대체 지난 1년 동안 무슨 일이 있었길래 불구가 되어 돌아온 것일까? 뒷다리를 잃고 앞다리 두 개로 낑낑거리며 1년을 헤매다 집으로 돌아오다니….

할머니는 하염없이 돌이의 다리를 붙들고 울었고, 할아버지는 벌써 몇 개피째 담배를 태우고 있었다. 다리가 부러진 채로 이리저리 부딪치며 끌고 다니며 온 몸이 만신창이가 되어 버린 녀석… 제대로 얻어먹은 것도 없었는지 갈비뼈는 앙상하게 드러나 있었지만 할아버지 품에 안기자 꼬리를 흔들며 몸을 부벼대고 있었다. 가여운 녀석…

돌이의 모습에 할아버지의 가슴은 미어지듯 아파 왔다.

산길에서 할아버지를 잃고 얼마나 헤맸을까? 어두컴컴한 산 속에서 비바람을 맞으며 얼마나 떨었을까? 무턱대고 산을 내려와 달리고 여기저기 집을 찾기 위해 헤매다가 위험천만한 일들을 겪었을 터….

집으로 가야 한다는 마음만 앞서 제대로 먹기는 커녕 잠을 이루지도 못하고, 낮이나 밤이나 걷고 달렸을 테니 다리가 멀쩡할 리가 없었다. 이 조그마한 녀석이 정신없이 다니다가 어느 차 바퀴에 다리를 치였을지도 모를 일….

어떻게 저 몸을 하고 다시 이 곳을 찾아온 걸까?

뭐 하나 잘해 준 것도 없었는데 그래도 제 주인이라고, 제가 살던 집이라고, 이곳까지 찾아온 것이라고 생각하니 고맙고도 미안해서 눈물이 핑 돌았다.

할아버지와 할머니의 정성으로 집에 돌아온 지 일주일 만에 녀석은 기력을 되찾기 시작했다. 하지만 다리가 문제였다. 뒷다리는 전혀 땅을 디딜 수가 없는 형편이었다. 아예 두 동강이 난 건지 흐물흐물해져 버렸고 걷기 위해서는 다른 방법을 찾아야만 했다. 기어다니지 않으려면 앞다리에 힘을 잔뜩 주고 일어설 수밖에 없었다.

결국 그렇게 돌이는 물구나무를 서야 했던 것이다. 물구나무를 서는 것이 결코 편하거나 재미있진 않았을 것이지만, 그렇게라도 해야 조금이라도 걸을 수 있었고 전처럼 할아버지를 따라다닐 수 있었기 때문이었다. 1년 전만 해도 네 발로 껑충껑충 뛰어다니던 녀석이었는데… 다시 그때로 돌아갈 수 있다면….

할아버지는 가난한 형편이었다. 돌이를 위해 수술을 해줘야 한다는 걸 알았지만, 그러자면 종이 박스를 몇 만개는 모아야 했다. 하루에 한 번 나가던 일을 무리하게 두 번씩 나가며 돈을 저

축하기 시작했다. 돌이를 위해서였다.

그럴 때마다 돌이는 물구나무를 서서 할아버지를 따라다녔다. 우스꽝스럽게 걷는 모습을 보는 게 안쓰러워 할아버지는 집 안에 두고 일을 나섰지만 돌이는 한사코 할아버지 곁을 떠나려 하지 않았다. 지금 헤어지면 또다시 1년을 떠돌아야 할지도 모른다는 생각이 들어서일까? 녀석은 할아버지 곁을 잠시도 떠나지 않으려고 했다.

할아버지가 다니는 시장통에 물구나무서는 돌이의 이야기가 널리 퍼졌고, 방송국의 작가실에도 그 딱한 사연이 전해졌다. 마침내 대구의 한 동물병원과 연결하여 돌이를 무료로 치료해 주기로 했다. 큰 걱정으로 밤잠을 이루지 못하던 할아버지에게 무척 다행스러운 일이었다. 검사 결과 돌이는 대퇴골이 부러진 상태였고 더 굳기 전에 빨리 수술을 해줘야 한다고 했다. 수술은 성공적으로 진행됐고 며칠 후 돌이는 조금씩 뒷다리를 땅에 디디기 시작했다.

할아버지는 돌이의 모습을 보고 끝내 참았던 눈물을 흘리셨다. 안쓰럽고 애처로웠는데… 저 녀석이 예전처럼 땅을 딛고 서

다니… 할아버지는 수의사 선생님께 꼬깃꼬깃한 돈 몇장을 기어이 억지로 쥐어 주고 나오셨다.

"감사합니다. 이제야 내 속이 시원합니다. 늙은이의 부주의로 이 녀석을 잃어버려서 몹쓸 일을 겪게 했나 싶어 가슴 한구석에 피멍이 들었는데… 이제야 내가 숨을 좀 쉬겠습니다"

할아버지는 돌이를 품에 꼭 안았다.

요즘 돌이는 신이 났다. 네 발로 껑충껑충 뛰면서 할아버지의 리어카를 앞장서서 달리기도 한다.

그 모습을 바라보는 할아버지의 눈가에 봄 햇살처럼 밝은 미소가 번지고 있었다.

"돌이야, 천천히 가자. 아이쿠 잘도 간다 이 녀석."

　유전학적으로나 생물학적으로나 개와 고양기가 서로 원수지간으로 지낼 만한 이유라곤 전혀 없다. 그런데 왜 앙숙일까?

　이유는 간단하다. 서로 언어가 다르기 때문.

　예를 들어 개는 '친하게 지내자.' 또는 '나는 당신에게 복종합니다.' 라는 뜻으로 꼬리를 내리는데 고양이 사회에선 그게 전투신호다. 고양이는 '친하게 지내자.' 라고 꼬리를 치켜드는데 그게 개들 사회에서는 공격 신호다.

　또 개가 앞다리를 치켜세우면 '놀고 싶다' 는 뜻이고, 고양이가 앞다리를 들면 '꺼지지 않으면 할퀴겠다' 는 뜻이다.

　신호가 전혀 다르다. 세계관이 다르고 표현 방법이 다르다.

　고양이를 만나려면 개는 자기 신호를 버리고 고양이의 신호로써 만나야 한다. 그래야만 대화, 화해, 의사 소통이 가능할 것이다.

3학년 2반 반장은 맹구입니다

3학년 2반 반장은 맹구입니다.

전교에서 제일 특별한 녀석이죠.

선생님이 출석을 부를 때...

이민우

"네"

한지희

"네"

맹구

"멍멍"

우리 반 반장 맹구는 멍멍이입니다.

맹구가 언제 학교에 입학했는 지는 아무도 모르지만
지금 맹구는 선생님과 친구들에게 인기 최고!
이젠 학교를 절대로 떠나지 않습니다.

3학년 2반 반장은 맹구입니다.
처음엔 하얀 털에 땟국물이 질질 흐르고,
코와 입에는 쓰레기 같은 게 묻어 있었지만
깨끗이 씻고 났더니 이 녀석 꽤 멋집니다.

복슬복슬한 하얀 털을 바람에 날리며
한쪽 눈을 찡긋… 하고 윙크할 때는 여학생들이 그만 넘어가
고 만답니다.
명찰도 달고 교복도 만들어 주었더니
영락없는 우리 학교 최고 인기 남학생입니다.

나는 아직까지 한지희 손도 못 잡아 봤는데
맹구는 지희의 무릎에도 벌써 몇 번이나 앉아 봤을 겁니다.
몹시나 부러운 녀석이죠.

3학년 2반 반장은 맹구입니다.

매일 아침 등교 시간이면 현관에 나와 학생들을 기다립니다.

수업시간에는 교실 맨 뒷자리에서 수업을 듣기도 합니다.

맹구가 제일 좋아하는 시간은 음악과 체육시간!

신이 나서 "멍멍멍" 즐거워서 "멍멍멍"

시끄러워서 모두들 귀를 막아야 하죠.

맹구가 제일 싫어하는 시간은 수학시간!

아예 쓰레기통 옆에다 얼굴을 박고 쿨쿨 잠을 잔답니다.

그런 맹구가 얼마나 부럽던지…

아무리 자도 선생님은 맹구를 혼내지 않으시거든요.

점심시간이면 친구들이 모아 준 밥이며 반찬으로

진수성찬을 즐깁니다.

맹구가 제일 좋아하는 건 소시지.

일부러 맹구를 위해서 엄마한테 소시지를 싸 달라고 조르지
요.

맹구는 반장이니까 잘 보여야 하거든요.

3학년 2반 반장은 맹구입니다.

학생들이 학교를 떠나면 꼭 교문까지 배웅을 해줍니다.

모두가 학교를 떠나 집으로 갔어도

맹구에겐 아직 할 일이 많이 남았습니다.

당직 선생님들을 도와서 학교 순찰을 해야 하거든요.

맹구는 참 신통방통한 녀석입니다.

학교에 낯선 사람이 들어올라치면

얌전하던 녀석이 금새 호랑이처럼 변하거든요.

그런 녀석이 밤에 순찰을 돈다고 생각해 보세요.

매서운 눈매, 날카로운 이빨

한번 짖어 대면 학교에 쩌렁쩌렁 울리는 엄청난 목소리.

이쯤 되면 맹구 하나만 있어도 학교는 문제없습니다.

3학년 2반 맹구는 반장입니다.

맹구가 짝사랑하는 친구는 선아입니다.

하얀 얼굴에 긴 머리를 한 선아는

늘 지팡이를 가지고 다니죠.

조금씩 어두워지는 병에 걸렸대요.

눈앞에 있던 것들이 천천히 천천히 사라져서

언젠가는 친구들 얼굴도 선생님 얼굴도

보이지 않을 거래요.

맹구는 유독 선아를 챙깁니다.

선아가 화장실에 갈 때도 매점을 갈 때도

책을 꺼낼 때도 점심을 먹을 때도

선아 옆에서 길을 안내해 주고

때론 물건을 집어 주기도 합니다.

반장은 참 착한 녀석입니다.

어느 토요일이었습니다.

학교 담장을 둘러싼 흰 벚꽃에 봄빛이 화사한 날이었습니다.

아이들은 야호…를 외치며 교문을 빠져 나갔고

선아만 혼자 남았습니다.

늘 그랬듯, 교문까지 선아를 데려다준 건 맹구였습니다.

반장이니까요.

그날 따라 벚꽃내음이 좋다며 선아는 담장을 따라

조금씩 걸었습니다.

늘 교문 앞에서 엄마를 기다리던 선아가

그날은 꽃 냄새를 따라 길 밖으로 나섰습니다.
괜한 생각이었을까요?

끽——

사람들이 모여들었습니다
"아유.. 어쩌면 좋니.. 어떻게.. 누가 구급차 좀 불러 봐요"
쓰러진 선아 옆으로 흐르는 피...
사고가 났습니다.

"세상에...이 개가 학생을 구했구만. 쯔쯔..."
선아 옆으로 쓰러져 있는 건 맹구였습니다.
하얀 털에 피가 흥건하게 흘렀습니다.
선아는 일어났는데
맹구는 더 이상 숨을 쉬지 않았습니다.
선아를 향해 달려오던 오토바이.
보이지 않는 선아를 살리기 위해 맹구는 오토바이 옆으로
뛰어든 것입니다.
선아를 위해
우리 반 친구를 위해

맹구는 정말 착한 반장이었습니다.

3학년 2반 반장은 맹구입니다.

벌써 며칠째 반장은 결석입니다.

반장이 이러면 안 되는 건데

반장이 없어서 친구들이 너무 슬퍼하는데

맹구는 이제 더 이상 학교에 오지 않습니다.

맹구가 언제쯤 다시 학교에 올까요?

우린 기억합니다.

화사하게 벚꽃이 피는 봄날이면

아스라이 떠오르는 멋진 녀석

친구를 위해 목숨을 걸었던 의리 있는 녀석

3학년 2반 반장은 맹구였다는 것을...

선아는 강원도 철원의 한 초등학교 학생이었으며, 망막색소변성증(시야가 좁아지고 시력이 감퇴하는 유전성 질환)에 걸린 여학생이었다 .

사랑은 다시 사랑으로 태어납니다.